Ryuzaki Family
「少年竜を飼いならせ」

少年竜を飼いならせ

暴君竜を飼いならせ9

犬飼のの

キャラ文庫

この作品はフィクションです。
実在の人物・団体・事件などにはいっさい関係ありません。

目次

口絵・本文イラスト／笠井あゆみ

大粒の真珠の如き命が、母の腹を出でて海を旅する。

恐れ知らずの魚の体に寄生して、死にかけた魚がより大きな魚に食われると、さらに多くの養分を得た。

遂には鯨の命まで吸い尽くし、死した体に穴を開け、母から遠い海の底に沈む。

雪面を転がる小さな雪玉が、やがて大きな雪の塊になるように、それは命という命を巻き込んで膨れ上がった。

自らを囲い込む殻を叩き割ると、光が見えた。

焦がれた世界に向かって勢いよく飛びだすが、思うほど速く泳ぐことはできない。

息が苦しく、体が痛切に空気を求めていた。

光ある所に空気があることを、本能が知っている。

どうやら自分は魚の仲間ではないらしい。

そうなると大地の生き物なのだろうか、それとも空の生き物なのだろうか。

どちらでもいいけれど、早く会いたい。優しい兄に、早く会いたい。

「――ッ、ハァ……ハァ……ハァ……」

新しい命はようやく水から顔を出し、息を吸う。

目に映ったのは、水平線に輝く太陽と、そこに向かって伸ばされた手だった。

兄の手と同じ形の手だ。大きさもほとんど変わらない気がする。

自分が何者なのかわからないが、この手なら確実に兄と同じ世界で生きていける気がして、手指を見ているだけで安心した。

「――オ、ォ……コ、ォ……コォ……」

力を振り絞って名前を呼んでみる。どうにか声になる。

コウと、頭で思う通りの発音ができなかったけれど、何度も何度も繰り返すうちに、理想の音が出せるようになった。

《一》

皇帝竜と呼ばれる伝説の超巨大有毒恐竜、マークシムス・ウェネーヌム・サウルスの竜人、ツァーリに攫われた挙げ句に洗脳を受けた沢木潤は、恋人のティラノサウルス・レックス竜人、竜嵜可畏の手で救出された。

まだ寒い晩春のロシアから、ハワイ諸島の北側に位置する竜人の島に移動して休養を取り、日本に戻ってすでに一週間が経っている。

「コンブー、コンブー、コンブゥーなぼくらの、りそーはねー」

帰国の感動も薄れ、ようやく日常を取り戻した潤は、十九歳の誕生日を迎えていた。

ロシアのバイカル湖から続く謎の巨大氷窟、エリダラーダでツァーリと暮らしていた頃、「誕生日は日本で家族と迎えたい」と、胸の内で強く強く願っていたことが叶ったのだ。

「うみでユラユラー、しょれがいっちゃんなんれしゅよー」

竜泉学院大学寮の一室で、見た目は一歳児ほどの双子美乳児——慈雨と倖は、得意の歌と踊りを披露する。

壁の前に立ち、窓から射し込む暖かい光を浴びながら、Eテレで特に気に入っている昆布のダンスをくねくねと踊っていた。衣装もまさに、昆布そのものだ。

いわゆる全身タイツ状態で、明るい緑の衣装の頭頂部からは、やけに長く厚みのある昆布の葉先がS字を描いている。衣装を入れると身長が一二〇センチくらいになっていた。

「コンブー、コンブー、コンブゥーなぼくらの、きぼーはねー、ずっとユラユラー、にゃのにぼくらはほしゃれちゃうー、カラカラー、カラカラー、おだしになっちゃうみたいらのー」

不本意に干され、出汁にされてしまう昆布の運命を歌いながらも、子供達は意味もわからず陽気に踊り、まったく同じ動きでフラダンスさながらに腰を振る。

トレーニングパンツで少し膨らんだヒップを可畏と潤に向けてふりふりと振ったかと思うと、動きを左右対称に変えてヒップをぶつけ合った。波を描く指先をしっかり伸ばして揺らめかせ、Eテレのアニメ映像で双子の昆布が踊るダンスを見事に再現している。

「ちかたないねー、ちかたないねー、こうなっちゃらもー、おいちーおみそちるにーなるちかないよねー」

続く「目指せ、目指せ、行った場所で美味しくなるのだ」のあとに、サビの「昆布、昆布、昆布な僕らの」を繰り返し、慈雨と倖は最後まで歌い切る。

そして頭の天辺にある昆布を一際大きく揺らすと、最後のポーズに「マーマ、はっぴーばーしゅでー」と付けた。

「か、可愛い……っ、凄い、凄い上手！　完コピ！」

誕生日とは一ミリも関係ない歌とダンスに、潤は名前通り目を潤ませて歓喜する。

ソファーに座ったまま全力で拍手を送り、二人を抱き締めようとして席を立ちかけた。

ところが隣でカメラマンをしていた可畏に阻止され、「よく見てろ」と囁かれる。

「……え？　何、まだある感じ？」

浮かせた腰を再び沈めた潤の目の前で、子供達は首元に付いていた黄色いポンポンを摑む。

子持ち昆布の卵を模しているらしいそれを、「しぇーの！」と声を合わせて引っ張った。

するとたちまち昆布衣装の表面が剝けて、圧縮されていた物体がボンッと飛びだす。

「えっ、ええ……嘘、何⁉」

二人の頭の上に現れたのは、ホールケーキ形のクッションだった。

縦長に伸びていた昆布が、横に広がって色違いのケーキになっている。

白い肌の倖は、赤系のベリーを載せたチョコレートケーキに。カフェオレ色の肌の慈雨は、パステルカラーのフルーツをたくさん載せたフルーツケーキに変身し、ボディーの方も瞬く間にケーキ色の衣装に早変わりした。

「うわぁ、凄い……チョコレートケーキとフルーツケーキだ！」

テレビで見るアイドルの早着替えのようで、まさかの仕掛けに潤は目を疑う。

歌の中の昆布達は美味しい味噌汁を目指すことになったのに、昆布からケーキに変わるのがまったく意味不明だったが、可愛ければなんでもよかった。二人が大好きな歌に合わせてこの衣装を作らせることを思いついた可畏も、おそらく短期間で作った職人も素晴らしいが、孵化(ふか)後三ヵ月少々で、歌とダンスと早変わりを熟(こな)す我が子に最も感動する。

「慈雨、倖、ありがとう！　もうもう、最高としかいいようがないよ！　バッチリ完璧なタイミング！　昆布からホールケーキに、見事な変身だったね！」

今度こそソファーから立ち上がった潤は、壁際で踊る二人を勢いよく抱き締める。

「美味しそう！　どっちも食べたーい！」といって餅のような頬にキスをしまくると、キャーキャーと黄色い悲鳴が上がった。

「チュッチュマンでたーっ！」

「マーマ、またチュッチュマンちてるぅ！」

ケーキクッションを頭に載せた二人は嬉々(きき)として暴れ、食べられないスポンジが入ったケーキがボカボカと潤の頭に当たる。

「ふわー！　ケーキに襲われる！　その前に食べちゃうぞ、まずはフルーツケーキからだ！」

逆に襲いかかって慈雨の頬をカプッと食(は)むと、慈雨は「やーん！」と身をくねらせる。

倖は「コーも！　コーも！」と強請(ねだ)り、三人でもみくちゃの団子になった。

そうしながらも、潤は時折可畏に視線を向ける。

今日の彼は、パパであると同時にカメラマンでもあった。

三脚に固定したカメラで動画を撮影しつつ、それでは飽き足らないとばかりに、一眼レフを構えている。様々な角度から写真を撮る様子は、その道のプロのようだ。

「可畏、俺はいいから子供達だけの写真をどんどん撮って。これ皆に見せないと勿体ないし」

「パネルにして飾らないとな。いやそんなもんじゃ足りねえな。グッズにして配るか？」

「アハハ……お父さん、それはやめて」

半分本気なんじゃと思うほど撮影に熱中している可畏から、「主役も撮らなきゃ話になんねえだろ」といわれた潤は、子供達と一緒に次々とポーズを決める。

「さすがモデル、決まってるな」と茶化されると恥ずかしくなったが、せっかく撮るならいい写真にしたくて、ノリのよい子供達と、笑顔から変顔まで楽しんだ。

――あとで四人の写真も撮ってもらわないと。辻さん上手だから頼もうかな。

そんなことを考えながら、潤は可畏の生き生きとした表情に惹きつけられる。

最初は非道な手を使って潤を攫い、洗脳までしたツァーリが、潤に好意を持ったことで筋を通してくれたのはよかったものの、警戒を完全に解けるわけではない。

今後を心配して帰国を喜んでばかりはいられない様子の可畏だったが、さすがに今日は嬉しそうだ。

外出も儘ならないこともあり、「誕生日に特別なことはしなくていいから」といった潤に、可畏が用意したもの――それは家族が暮らす寮の部屋で行う、四人だけの誕生日会だった。

「マーマ、おたんじょーび、おめれとーじゃいます！」

「マーマ、きゅーしゃいらね！」

「ありがとう倖、こんなに嬉しい誕生日は初めてだよ。慈雨もありがとう。でも俺は九歳じゃなくて十九歳だよ、十を忘れないように。あと一歳で大人になるんだよ」

「んー？　マーマ……おとな、ちあうの？」

「ううん、一応大人なんだけど大人予備軍みたいな？　あと一年するとね、今よりもっと責任重大な、本物の大人になるんだよ。とはいえ子供を持った時点で責任重大なんだけど」

「しぇきにんっ、じゅーたい！」

「そうそう、慈雨と倖の親だからね、責任重大」

「おや？　おーや？　ジーウとコーたんの？」

「マーマは、ジーくんとコーのマーマらよ」

「親ね、お、や。まあ、うん……ママでもいいかな」

自分のことをママだの母親だのといいたくなかった気持ちはどこへやら、いまさら「俺もお父さんだよ」と主張するのも難しく、潤は朗らかに現実を受け入れる。

「さてさて、そろそろお楽しみの誕生日ケーキをいただこうか。慈雨と倖はやっぱりミルクがいいのかな？　こってり濃いやつ」

潤の問いかけに、双子は「ミーク！」と元気に答えた。

頭上の食べられないケーキが揺れて、前後にぶるぶる震える様も微笑ましい。

ボディースーツと一体化しているので落ちはしないが、慈雨も倖も両手を上げ、頭に載ったケーキを支えながら「ミーク！」と声を揃えた。

「はいはい、すぐ作りますよー。冷たいのと温かいの、ちゃんと準備してあるから大丈夫」

「潤、ミルクは俺が用意する。主役は座ってろ」

「え、いいの？　優しいなぁ、惚れ直しちゃう」

「しばらく年下だしな、お仕えしねえと」

「何その冗談、面白いんですけど。可畏の基準は生まれた順番じゃなく強さだろ？」

「それをいったらお前が一番強えじゃねえか」

「暴君竜を飼いならしちゃって？」

「他にも色々とな」

「暴君竜だけでいいのになぁ」

「あとはうちのチビ達な」

「うん、それは大事」

キッチンに向かう可畏の背中を見上げた慈雨と倖は、「ちびちゃちー？」「だいじー？」と小首を傾げる。

今度は横に傾いたケーキを支えて、「おっちゃう、おっちゃう」と慌てていた。

「慈雨と倖は小さくて可愛くて、うちの大事な子供達って話だよ。二人とも成長を止めてくれたから、しばらくは小さいままだろ？」

「んっ、ジーウね、かあいよー」

「コーね、ちさいよー」

「うんうん、二人とも状況を見てそれに合わせる判断力があって、小さくて可愛くて賢くて、しかも強くて、本当にいい子だねぇ。今は小さくていいんだけど将来はきっと大きくなるから、カッコよくなるんだろうな。楽しみだなぁ」

子供達への褒め言葉ならいくらでも思いつく潤は、感極まって再びキスを繰り返す。

またしてもキャーキャーと大喜びされながら、ぷにぷにとした柔らかい頬と、今ここにある幸せを堪能（たんのう）した。

竜嵜グループはもちろん、学院を挙げて派手に祝うことなどまったく望まない潤のために、可畏は室内を紙製の花と様々な動物の形の風船で埋め尽くしてくれた。

パステルカラーの飾りつけは子供向けだったが、慈雨と倖が喜んでこそ潤も喜べることを、可畏はよくわかっている。

昆布のコスプレから変化したホールケーキのコスプレに、ラクト・ベジタリアン向けの特製ケーキ。美味しい紅茶はもちろん、子供達が飲む粉ミルクの用意も完璧だ。

ここには目に優しい色と美しく可愛い物、いい香りしかない。

エアコンを使わなくても快適な温度の風が抜ける部屋には、眩し過ぎない日の光が射して、五月って最高だなとしみじみ思う。

「お前はいい季節に生まれたな」

「あ、今それ思ってたとこ」

可畏はダイニングテーブルに幼児用の器と冷たいケーキ皿を並べ、大小のスプーンを置く。子供達が初めて口にしたスプーンは銀製品だったが、普段使うのはシリコンスプーンだ。

「マーマのケーキ、ジーウとコーたんのと、ちあうよ！　おはなよ！」

「おはならね！　ぴーくのおはな、いーっぱい、かあいねー」

可畏が用意したバースデーケーキは有名パティシエの一点物で、バタークリームで作られた精緻な薔薇が敷き詰められている。

白とピンクの可憐なケーキは如何にも女性向けだが、可畏は特に気にしていないらしい。箱を開けた時には「お前のイメージで作らせた」などといっていたくらいだった。

「俺もピンクが好きだよなー。母さんや澪に見せたら絶対羨ましがられるやつだ、これ。写真たくさん撮ってくれた？」

「ああ、ほぼすべての角度から撮った。渉子さんや澪の誕生日にも同じパティシエのケーキを贈ろう。好きな花を訊いておかないとな」

「あ、ありがとう……もっと小さいのでいいからな。あんまり豪華だと気を遣うし」

「わかってる、心配するな」としたり顔で答えた可畏は、潤と子供達がダイニングテーブルに着くと、二本のケーキナイフを手にする。

「慈雨、倖、これからケーキを切るからな。危ないから大人しく座ってろよ。ミルクは全員で『いただきます』をしてからだ」

「あーい」「はーい」と返事をした慈雨と倖がベビー用チェアにしっかりと腰かけているのを確認してから、可畏はケーキを切る。

事前に調べたのか、それともプロに習ったのか……いずれにしても普段は人任せにするので慣れているはずがないのだが、さながらパティシエのような手つきでケーキを切り始めた。

多少緊張しつつも薔薇を崩さず上手にカットし、潤と自分の皿に移す。

「可畏、凄いな。プロみたいだ」

「お前にグチャグチャの薔薇を食わせるわけにはいかねえだろ」

「ありがとう。断面も綺麗だ、これって白い苺かな?」

「ああ、とにかく白とピンクにこだわった」

「可畏の中の俺ってそういうイメージなんだ?」

「実際そうだろ、体中、あちこち白とピンクで」

「はい、この話はそこまで。ではでは、ありがたくいただきまーす」

潤と可畏はケーキと紅茶を、倖は人肌温度のペースト状の粉ミルクを、慈雨は冷やした海獣

用の粉ミルクを……と、準備が整ったところで「いただきます」と声を揃えるはずだったが、意外にも倖が「あのね、あのね」と遮る。

珍しい行動に親達はもちろん慈雨も注目する中で、倖は残っているケーキを指差した。

「おはなのケーキ、コーもね、いたらきますちていーい？」

思いがけない一言に、潤と可畏は雷にでも打たれたかのような衝撃を受ける。

可畏が潤に贈ったケーキを自分が欲しがってもいいのかわからず、それでも食べてみたくて勇気を出した倖に、親として感動せずにはいられなかった。

「倖……っ、もちろんいいに決まってる！　今、今すぐ切ってやるからな！」

「倖っ、やっと……やっとミルク以外の物を食べる気になってくれたんだね。あー、この時を待ってた。遂に、遂にこの時が！」

倖の気が変わらないよう急いでケーキを切る可畏と、喜びに打ち震えながら脱乳児の瞬間をカメラに収めようとする潤——そんな二人を横目に、慈雨は何やら難しい顔をして、頭の上のフルーツケーキごと首を傾げていた。

「あ、慈雨くんも食べる気になった？　お花のケーキ、きっと美味しいよー。倖くんと一緒に慈雨くんもケーキデビューしようかっ」

兄という意識が強い慈雨なら、弟が食べるなら自分も……となるかと期待した潤だったが、促したのがよくなかったらしい。慈雨は急に臍を曲げて、ぷいとそっぽを向いた。

「ジーウ、ミークらもん」

「いつものミルクペーストだけ？　ケーキも味見してみない？　ちょっとだけでも……お花のクリームだけとか、白い苺だけとか」

「やーの、ジーウはミークらの！」

執拗に離乳食を勧めると機嫌が悪くなる慈雨に、潤は「はいはい、ごめんねー。慈雨くんはミルクがいいんだよねー」とすぐに引く。

そろそろミルク以外の栄養を摂ってほしい気持ちはあるが、食べたくない物、食べられない物を無理に勧められる苦痛は嫌というほど経験してきたので、健康状態に問題がない限りは、本人の意思に任せることにしていた。

何しろ慈雨も倖も、恐竜の影を持たずに能力値は高い、卵生のハイブリッドベビーだ。

いわゆる新種であり、正しい育て方など誰にもわからない。

――まあ、たぶん釣られると思うけど。

ふっと密かに笑いつつ、潤は海獣用ミルクペーストを掬う。

「慈雨くん、アーン」といいながら顔の前に運ぶと、慈雨は雛のように口を開いた。

シリコンスプーンに吸いつき、チュウチュウと吸うように食べるのは哺乳瓶の名残だ。

移行して間もない今は乳首が恋しいらしく、時々スプーンを握って「これやーの！」と怒りだすこともあった。

「潤、動画のセットはしたぞ。カメラを頼む」

　可畏は興奮を抑えながらいうと、倖のためのケーキをシリコンスプーンで掬い取る。

　倖が興味を示していた、ピンク色の薔薇の一部だ。

「倖くん、初めてのケーキ、可愛いピンク色だね」

「倖、これはお前の大好きなミルクが固まったようなもんだ。大丈夫、きっと旨(うま)い」

「んっ、うまーね！　いたらきます！」

　潤はカメラを構え、パパっ子の倖が可畏の手からケーキを食べる瞬間を連写する。

　これから当たり前に食べるようになればいくらでもシャッターチャンスはあるが、初めては一回きりだ。親としては、この瞬間を逃したくない。

「──んー、んー……うーっ！」

　アーンと口を開けてバタークリームの薔薇を食べたあと、倖は目を真ん丸に剝く。

　小さな両手を頬に当て、まるで花が咲いたような笑顔になった。

　まずは可畏の顔を見上げ、そして潤の顔を見て、「うまーの、うまーの！」と、力いっぱい感想を口にする。

「そうか、旨かったか。よかったな」

「倖くーん！　美味しかったんだー、よかったね、偉いねー」

「んっ、うま……おいちーの！」

両親の言葉に合わせて感想を使い分ける倖に、可畏は心からの喜びを向け、潤は少しばかり意図的に倖を褒めた。

「じゃあ俺もいただきまーす」

潤は隣にいる慈雨の視線を感じつつ、白い薔薇の形のバタークリームを頬張る。

「うーん、これほんとに美味しい！　見た目がいいだけじゃないんだな、味もメッチャいい。バタークリームなのにくどくなくて、思ったより軽くて食べやすい。美味しーっ」

この場に他の誰かがいたら、とてもできないくらいテンション高く声を上げ、首を伸ばして大袈裟(おおげさ)に歓喜する潤の意図を、可畏も察したようだった。

倖に次の一口を与えると、「倖、クリームが頬についてるぞ」と倖の頬を舐(な)め取る。

「きゃっ」と喜ぶ倖の肩を抱き寄せながら、「うん、確かに旨いな」と笑ってみせた。

「あ、ごめんね慈雨くーん。ミルクもっと欲しいよね」

潤が海獣用ミルクの二口目を掬っても、慈雨は口を開けず、むっとした顔でケーキを睨(にら)む。

明らかに怒っていたが、潤は「慈雨くんもケーキ食べる？」とは訊かなかった。

訊けば「やっ！」と拒まれる予感がしたので、「あれ、もう食べないの？　ミルク温くなっちゃったかな、もっと冷やす？」と素知らぬ顔でミルクを勧めると、慈雨はようやくケーキに向かって手を伸ばす。

「ジーウも！　ジーウもケーキ！」

「あ、慈雨くんもケーキがいい？　そっか、思い切って挑戦してみるんだね。慈雨くん偉いな、お兄ちゃんって感じ」

内心ほくそ笑む潤の目の前で、倖は「ジーくん、おいちょーっ」と微笑み、可畏は速やかにケーキを切る。

潤がさりげなくカメラを渡すと、可畏は阿吽（あうん）の呼吸で構えた。

「慈雨くんは白い薔薇から食べてみようか」

「んっ、ピークはコーたんらもん」

「そうだね、なんとなくそんな感じ。はい、慈雨くんアーン」

「アーン」

また雛のように口を開けた慈雨に、潤は初めてのケーキを食べさせる。

水竜人寄りの体を持ち、冷やした海獣用ミルクを好む慈雨が、バタークリームを受け入れてくれるかどうか……試してみないとわからない緊張の瞬間だった。

「んぅー、ん、んー？」

食べられないフルーツケーキを頭に戴きながら、慈雨は首を左右に傾ける。

さらに「んー、んー？」と考え込む様子を見せるものの、潤がスポンジ部分を口に運ぶと、迷いなく口を開いた。

シャッター音が鳴る中で、慈雨はもぐもぐとケーキを食べ、呑（の）み込むなり追加を求める。

体質や嗜好性の問題か、或いは性格の問題か、倖ほど感激できないようだったが、「うん、まあ悪くないね」とでもいっているかのように頷いた。

「慈雨くん、凄い！　クリームもスポンジも苺も食べられたね。いい食べっぷりで気持ちいいなぁ、慈雨くんカッコイイ！」

「倖も慈雨も偉いぞ。これまで何を見せても食べなかったのに、潤の誕生日に二人して離乳の第一歩を踏みだしたな」

「もう最高の誕生日プレゼントだよ。このために今日まで取っておいてくれたみたい。可畏が特別なケーキを用意してくれたおかげだし、ほんと皆ありがとう」

一歳児ほどの大きさになっているにもかかわらず、摩り下ろした果物すら受けつけなかった子供達が、今日確かに一歩進んでくれた。

特に今後の食生活が心配だった慈雨が人間用の食べ物を受け入れてくれたことで、潤の瞼は熱くなる。

マニュアル通りにいかない子供達だから、本能に任せれば大丈夫、元気なら問題ない――と気にし過ぎないよう心掛けていたけれど、本当はいつだって不安だった。

親として工夫が足りないんじゃないか、わからないからといって自然任せにするのは無責任なんじゃないか、こんな適当な自分が料理研究家を目指すなんて烏滸がましいんじゃないかと、自己嫌悪に陥った時もあった。

「やっと日常が戻ってきたことだし、これからは慈雨や倖が食べられる物を作るよ。見た目にこだわったことなかったけど、そういうのも大事ってわかったからな、もっと勉強しないと」

「コーね、マーマのケーキたべゆの」

「ジーウも！　ジーウもマーマのケーキたべゆお！」

「ほんと？　俺、ケーキ焼くのわりと好きなんだよ。卵とか使わないやつだけど」

今朝までは粉ミルクしか受けつけなかったのが嘘のように、バタークリームもスポンジも苺も食べる慈雨と倖を見つめながら、潤は「よーし、ケーキの勉強、頑張るよ」とファイティングポーズを見せる。

それだけでキャーと大喜びする子供達の元気な姿が、潤にとっては何よりの幸せだった。

この世に生まれてきてよかったと、こんなにしみじみ思える誕生日は初めてだ。

これまでも祝ってもらえれば普通に嬉しかったが、生まれてきてよかったとか、生きていてよかったなんていちいち大袈裟に考えなかった。

若くて健康で、生きているのが当たり前だったから……リムジンに轢かれて死にかけたり、ハンマーで殴られて涸れ井戸に落とされたり、ましてや恐竜に何度も襲われるなんて思ってもいなかったから、生きていることのありがたみを特に感じていなかった。

——一生を共にしたいと思える恋人とか、命を捧げても惜しくない子供を二人も持つなんて、去年の今頃は夢にも思わなかったんだよな。

慈雨の口にケーキを運び、隙を見て自分も食べながら、潤は込み上げる感情をありのままに受け入れる。

さすがに涙はこらえたが、気持ちには抗わなかった。

「子供を持ってみないとわからないことって、やっぱりあるんだな。自分の誕生日に、母親に感謝するとか……そういう気持ち、これまではそんなになかった」

「渉子さんに一番感謝してるのは俺だけどな。亡くなったお前の父親にも感謝してる」

「ありがとう、そういってもらえるのも凄く嬉しい。母さんも、父さんも喜ぶと思う」

改めて考えるとむず痒い恥ずかしさがあるが、自分が生まれた時、両親がどんなに喜んだか、今ならよくわかる。

好きな人と自分の遺伝子をミックスした、まさに愛の結晶である我が子という存在が、どれほど可愛いか、どんなに大切か、身を以て感じられた。

可畏の父方のドレイク家の血が強く出たカフェオレ色の肌を持ち、それ以外は概ね潤に似ている長男の慈雨と、可畏と同じ黒髪で、肌や目の色は潤に似た次男の倖。可畏と潤をバランスよく混ぜ合わせて出来上がりましたと、体現してくれているような二人と共に迎える誕生日は、はち切れんばかりの喜びに満ちている。

「可畏、俺、こういう誕生日が一番いい。ささやか……というにはケーキが豪華過ぎるけど、まあ常識の範囲として、家族四人でテーブルを囲めるって、すっごい幸せなことだと思う」

「それは何よりだ。『すっごい』に力が籠もっててわかりやすい」

「しゅっごい? マーマ、しゅっごいしゃーわせなのね」

「コーたん、ちあうよ。マーマね、ふんっごいしゃーあせって、ゆったのよ」

「んっ、マーマ、うんっごいしゃーあせなのね」

「なんかどんどん遠ざかってるけど意味は通じてるかな。可畏と慈雨くんと倖くんのおかげで、今日は最高にニコニコの誕生日になったんだよ。どうもありがとう」

目が潤んで止まらない潤の笑顔に、子供達は「ニコニコーッ!」と声を合わせる。

可畏も笑っていたが、その表情には何やら含みがあった。

テーブルの端に置いてあったケーキの箱に手を伸ばすと、捨てるのが勿体ないような装飾が施されたそれを持ち上げ、蓋だけを取り除く。

すると側面が展開して、少しも汚れていない大きな箱の中から木箱が現れた。

「な、何それ?」

「心配するな、結婚指輪とかそういうもんじゃねえ。お前は料理の関係で指輪はできねえし、俺も変容するたびに指が千切れそうになるのは御免だ」

皮肉な笑みを浮かべた可畏は、小さな箱を手にして差しだす。

蓋を閉じたままのそれを受け取ると、隣の慈雨が「びっくりわこら! バーンしゅる?」と訊いてきた。そうだといいと思っているらしく、青い目が期待に満ち満ちている。

反対に倖は可畏の顔を見上げて、「おたんじょび、ぷれれんと？」と訊いていた。

「倖が正解だ。それはビックリ箱じゃなく、俺から潤への誕生日プレゼントだ」

「ええぇ、ありがとう。なんかドキドキするなぁ」

子供達にも見えるように箱を持ち、「では開けまーす」といった潤は、如何にも高価な物が入っていそうな木箱の留め金を外す。

贅沢品はケーキのみ……というわけにはいかない可畏の気持ちもわからなくはなかったが、常軌を逸した物ではありませんようにと願いつつ開いた。

「わ……っ、腕時計！」

絹のクッションを抱いて鎮座していたのは腕時計で、しかも二つある。

どちらもメンズだが微妙に大きさが違い、ベルトまで金属製のペアウオッチだった。

文字盤の色も異なり、可畏の物と思われる大きい方は赤、もう一つは青だ。

「以前のは度重なる横恋慕で傷だらけになっただろう」

「……よ、横恋慕って、そんな言葉で済ませていいのかって感じだけど、あの腕時計、壊れてないのが奇跡だよな。傷が酷いし今は携帯あるから着けなくなったけど、一度慣れるとないと不便。つい左腕を見ちゃうんだ」

「時々そういう仕草をしてたからな、今回はペアにした。赤が俺で、青がお前のだ。サイズや重さを少しだけ変えてある」

「ありがとう。なんか高そうだけど、着けるの怖くなるから考えるのやめとこ。大人っぽくてカッコイイし、品がいいのに丈夫そう。あと、ダイヤとか入ってないとこがいい感じ」

以前マフィアの双子が嵌めていた、贅沢の度が過ぎて財力を主張するためのアイテムでしかないような腕時計を思いだしつつ、潤は左腕に時計を嵌める。

新しい品をもらったことそのものよりも、可畏が自分の好みをよくわかってくれているのが嬉しかった。

「可畏から最初にもらったプレゼントも、腕時計だったんだよな。そのあと目覚まし専用のをもらってるから、これで三個目だ。今回のが一番好きかも」

「付き合いが長くなればなるだけ、お前の好みを把握できるからな。もちろん防水性能も高く、海水にも対応してる。寒冷地でも問題なく使えるはずだ」

「よかった。海の底とか空の上とか、巨大氷窟とか、恐竜が相手じゃどこに連れていかれるかわからないから……とはいっても、もう二度と連れていかれないけど」

そうであってほしいと願いつつも、絶対などないことはわかっていた。

可畏がどんなにセキュリティを強化したところで、瞬間移動能力を持つサバーカや、それに近い特殊能力を持つ敵が現れたら太刀打ちできない。

今この瞬間も、椅子の背凭れの後ろにニコライ・コトフが突然現れ、潤だけを連れ去る可能性はあるのだ。

それすらできないよう体を繋ぎ合わせて暮らすなど、現実的に無理なのはいうまでもない。

ツァーリの人となりがわかった今は、無下に殺されるとは思っていないので以前ほど怖くはないが、可能な範囲の警戒はせざるを得なかった。

「可畏……新しい時計をありがとう。もちろん大事にするし、誰からも傷つけられないことを祈ってる」

もう何も起きませんようにと、潤は時計を撫でながら願う。

「――ああ」

短く答えた可畏もまた、自分の腕時計を嵌めた。

文字盤を見つめる可畏の目を見ていると、潤には彼の覚悟がよくわかる。

心を読む力が働かなくても、十分に感じ取れた。

何も起きませんように……ではなく、「起こしてたまるものか」と決意を新たにする可畏が頼もしくて、この先はずっと平和なまま、恐ろしいことなど何も起きない気さえした。

《二》

選ばれし者は、その立場に相応しい場所で暮らし、下々の者が焦がれてやまない上質な品や優秀な人材に囲まれながら、当たり前に雲の上にいなければならない。

絶対的な力で蹂躙する一方で、忠実な者には施しを与える。

竜嵜家が選んだ施しは、長期的かつ多岐に亘る教育だ。

竜泉学院という場を提供する形で、支配下にある竜人に生き延びる機会を与えてきた。

今やその頂点に君臨する可畏にとって、いわゆるイベント事は欠かせないものだった。

可畏に限らず有力竜人の多くは華やかな場を好み、背負う巨大恐竜の影を晒して悦に入る。

自分の妻に等しい沢木潤の誕生日を……しかも絶望的な状況から脱した祝いを兼ねているといっても過言ではない今日という日を、日常の場で、それも家族四人のみで完結させるなど、可畏には受け入れ難い話だった。

しかしなんとか我慢して受け入れ、終わってみれば、これでよかったのだと心から思えた。

優先すべきは祝われる本人の気持ちであり、潤が喜ぶスタイルが一番だ。

こんな庶民的では俺が甲斐性なしみたいじゃないか、絶対に嫌だ――とまで思いつつも、小ぢんまりとした誕生日会を企画して遂行した自分を、今は存分に褒めてやりたい。

「やあ潤くん、誕生日おめでとう。元気そうで何よりだよ」

愉悦に浸る可畏の気分を台無しにしたのは、思いがけない訪問者だった。

誕生日の夜だからと、ヴェロキラプトル竜人と生餌に子供達を預け、久しぶりにゆっくりと二人の時間を愉しもうとしていた矢先、男は突然現れた。

それも、ポータブル超音波検査器を手にして、にまにまと気味の悪い笑みを浮かべながら。

「オジサン、こんばんは……っ、え、これもサプライズの一つですか？　びっくりしました」

「いやぁ君の誕生日が終わらないうちに来たくてね。ギリギリになっちゃったけど、これでも急いだんだよ」

すでにパジャマ姿になっていた潤は、非常識な訪問者に驚きつつも歓迎していた。

可畏が用意したサプライズの一つだと勘違いしているせいもあるが、フヴォーストのトップ、ツァーリとの戦いが一応のところ暫定勝利で終わったのは、この男――天才竜人研究者クリスチャン・ドレイクの力があってこそだと知っているからだ。

油断はできないが、心強い味方だという認識を持つ潤と同様、可畏もまた以前よりはクリスチャンへの信頼度を高め、距離を詰められるようになっていた。とはいえ元々が酷かったので、決して懐いているわけではない。潤と比べると、飼い猫と山猫ほどの差がある。

「潤、コイツは俺が用意したサプライズなんかじゃねえからな」

「あ、そうなんだ？　じゃあ、オジサンが自主的に？」

可畏と潤が暮らす大学部の寮を訪れたクリスチャンは、いつも通り鮮やかなカラーシャツに白衣という恰好で、大袈裟に両手を広げる。

「潤くんに胃の検査をプレゼントするために、遠路遥々やって来たんだよ。僕はねぇ、息子の嫁のことまで我が子のように心配してるんだ。いいパパだろう？」

「心配というより、俺の胃に何か出来ていたらいいのにって期待してるんじゃないですか？　電話でも毎回いってる通り、違和感とか痛みとか、まったく全然ありませんから」

部屋の入り口でクリスチャンを迎えた潤は、「どうぞ」と招き入れつつも態度を変える。

可畏のサプライズではないとわかった途端に、超音波検査器を持って現れたクリスチャンの行動を訝しんでいた。

「潤、電話で何度も訊かれたのか？」

「あ、うん。リアムの電話からかけてきたり、リアムの振りしてメッセージ送ってきたりして。最初は『心配してくれてるんだな、ありがたいな』って普通に思ってたんだけど、いやなんか違うなってだんだんわかってきた。そうですよね、オジサン」

聞いてない、そんな話は聞いてないぞ——と抗議したい可畏を余所に、潤はクリスチャンを睨み据える。

「卵は出来てませんから御心配なく」という潤の台詞に、可畏はいささか衝撃を受けた。

よく考えてみれば、研究者としての好奇心や探求心が強いクリスチャンが、レア中のレアである皇帝竜――マークシムス・ウェネーヌム・サウルスの卵を欲するのは当たり前だ。

それについて失念していた自分の愚かさを痛感した。

悔しいが、やはりどこかで父親を信じてしまっていたのだろう。

油断ならない男だと思い、悪態をついたり距離を取ったりしながらも、いざという時は力になってくれる人として頼り、いつの間にか味方と認識していたのが情けない。

寛容な潤の影響に加えて、自分が父親になったことで、「我が子を守るためなら自分の命も惜しくない」という意識が芽生えたのも影響していた。

息子を持つ父親という同じ立場に立ったからといって、クリスチャンと自分は別だと思っているのに……そんなことは考えるまでもなくわかり切っているのに、子供達への愛故に認知の歪みが生じたのだ。

「潤の胃の検査をするのは構わねえが、エリダラーダを出て十日以上経ってる。今夜も何もなければ二度と余計な手出しはするな」

「うん、わかってるよ。今何もなければさすがに平気だろうし、僕も安心できるってものだ。今後は頼まれない限りしゃしゃり出ないようにするよ」

「厚かましくしゃしゃり出てる自覚はあるんだな」

「そういうけど、今夜もし万が一とんでもない物が発見されたら、君達は僕に感謝することになるんだよ。この世には必要な厚かましさもあると思わなくちゃ。これも親の愛なんだよ」

ごちゃごちゃといいながら「リビングのソファーでいいよねー」と検査場所を勝手に決めたクリスチャンは、可畏や潤にどんな態度を取られても笑みを絶やさなかった。

歯磨きペーストのCMに出てくるような白い歯を輝かせる、わざとらしい笑顔だ。

若返りの研究成果が出て、徐々に自分寄りになる父親の顔から、可畏は目を逸らした。

第三者から見れば、無精髭も含めて味のある、愛想のよい二枚目なのだろうが、自分に似ているだけに見るに堪えない。

「純粋に心配してくれてる部分も、ちゃんとあるって信じたいんですけどね」

「信じればいいじゃないか、遠慮なく信じていいんだよ、潤くん」

「わりと信じてましたよ、さっきまでは。でも実際に会ってみると、オジサンの笑顔って胡散臭くて」

大人しくソファーに横たわる潤に、クリスチャンは「酷いなぁ、オジサン傷ついちゃう」とぼやいていたが、実際には潤の反応など微塵も気にしていないように見えた。

そんな可愛げのある男ではなく、仮にクリスチャンが傷つくとしたら、自信のあった研究が失敗するか、絶滅危惧種が本当に絶滅した時くらいだろう。

あとは精々、リアムに愛想を尽かされた時だろうか。

「潤くん、そのまま息を止めて……そう、そのまま。はい、いいよ……楽にして。じゃあ次は右を向いてもらっていいかな？　そうそう、パジャマの上を捲って脇腹を天井に向けて」

上着を胸元まで上げた潤は、超音波検査など慣れっことばかりに冷めた表情で指示に従う。

可畏はクリスチャンの動向に目を光らせつつも、潤の体内を映すモニターを注視していた。胃壁に寄生する卵が出来ていないかどうか、もちろん何もないことを願いながら、時折息を詰める。

「あれ……何も、何もないね」

クリスチャンは同じ所を何度も調べてから、徐々に声のトーンを落とした。

ソファーに横たわる潤は、「あるわけないですよ、何もないっていったじゃないですか」と呆れ気味だったが、クリスチャンの表情がよく見える位置にいた可畏は、単に呆れるだけでは済まなかった。

潤の腹部とモニターを交互に見ているクリスチャンの目は、期待通りにならなかったことに落胆しているだけではなく、驚き、焦っているように見える。

「潤くん、本当に具合が悪くなったり胃痛が酷かったりしなかった？」

やはり声のトーンが落ちていた。クリスチャンは、潤の腹に卵が出来ていることを確信していたらしい。とても諦め切れない様子で、「何か気になることとかなかった？　どんな些細なことでもいいから」と情報を求めた。

潤に代わって「何もない、さっさと失せろ」と怒鳴りたくなる可畏だったが、その前に潤が顔を上げ、「あ、そういえば」とクリスチャンの目を輝かせるようなことをいう。

潤が呟いた瞬間、可畏の胃はきりきりと引き攣った。

潤と違って多少痛もうと心配要らない、受胎能力など持ち得ぬただの消化器官に過ぎないが、可畏の胃もまた、ストレスを感じればヒトと同じように反応する。

「一度だけ……少し気になることがありました」

「え、何？　どんなことでも話してくれないとっ」

「いや、でも本当に一時的なものだったんですけど」

クリスチャンと話しながらもこちらの顔色を窺い、いいにくそうに口を開く潤を見ていると、酷く悪い予感がした。

恋人の誕生日ですら穏やかには終わらず、招かれざる客に掻き乱されるのは『暴君』の名を冠する者の宿命だろうか。

平和な日々を求めるなど無駄だと嘲笑うかのように、嵐を呼ぶ遠雷が迫ってくる。

「ガーディアン・アイランドに着いた日の夜……寝る前に急に胃が痛くなったんです。たぶん、緊張状態から解き放たれた反動じゃないかと思うんですけど、気持ち悪くなって吐きました。少し血混じりだったと思います」

「血混じり？　胃痛のあとに？」

「はい、ほんとにすぐ治りましたけど」

そんな話、俺は聞いてない。クリスチャンから電話があったことも、あの島でお前が胃痛に襲われて吐いたことも、聞いてない、俺は何も聞いてない――繰り返しそう叫びたくなるほど追い詰められる可畏を気遣うように、潤は「ごめん、すぐ治ったから」と苦々しく笑った。

笑い事じゃないと怒鳴りたくても、今は言葉にならない。

秘密を持たず、なんでも包み隠さず話す約束を交わしたところで、目の前の出来事の重さに気づかないこともあるだろう。気づいていたとしても、その場その場で、不調を正直に訴えるよりも優先したいものが、潤にはあったのかもしれない。

「やっと再会できて落ち着いて、暖かい島で家族四人、綺麗な星空を見上げて……そういう、いい夜だったから壊したくなかったんだ。オジサンが検査してくれて胃に卵が出来てないのは確実だったし、ストレス性の急性胃炎で血が出たんだとしても、可畏からもらった治癒能力ですぐ治る話だから。実際ほんとにスッキリ治ったし、隠すというより忘れてたんだ」

今の潤の言葉に、嘘は一つもないのだろう。

その場では雰囲気を重視してとりあえず秘し、あとは本当に忘れていたらしい潤を、責めることなどできなかった。

――クリスチャンの目が、一瞬赤く……。

本来は黒い目が、興味津々とばかりに赤く光った気がした。

超音波検査器の電源を落としたクリスチャンは、代わりにエネルギーを注がれたように生き生きとして、「どこに吐いたの？　コテージのトイレ？」と潤に向かって身を乗りだす。

「いいえ、可畏がシャワー浴びてる時だったんで、横のトイレに吐くのもなんだかなと思って、テラスに出たんです。目の前に海水で出来てる小川みたいなのがあって、そこに向かって吐いちゃいました。あちこち汚したりはしてないと思いますけど、なんか……すみません」

潤はクリスチャンに状況を説明しながら謝り、「長いこと全然食べてなかったから、そんなゲロっぽいゲロではないかな、と」などと恥ずかしそうにいう。

自分が吐いた物を、単なる吐瀉物だと信じて疑っていなかった。

「そう、テラスに……あの小川に向けて吐いたのか……ああ、気にしなくていいよ。君は一応人間なんだし、メンタルに引き摺られて体調を崩すなんて普通のことだ。何事もなかったならよかったよ。皇帝竜の卵が出来なかったのは研究者として非常に残念だけど、君自身も稀有な存在だからね。もしものことがあったら勿体ない」

「そのいい方……」

クリスチャンのオーバーな身振りと「勿体ない」の一言に、潤は眉を寄せつつ笑っていた。

この状況で、笑えないのは可畏だけだ。

ガーディアン・アイランドに到着した日の夜——シャワーを浴びたあとの出来事を、可畏は今でも鮮明に憶えている。

潤は何故（なぜ）か裸足でテラスにいて、やけに顔色が悪かった。少し疲れが出たからだとか、検査のために食べていなかったと話していたが、その直前までおかしな様子はなく、いきなりの変化だった。

バスルームで貪り合っていた時は、むしろ紅潮していて、全身を薔薇色に染めていたのだ。

感情と欲望に任せて無茶をした結果の急転直下という見方もできるが、そんな単純な話では済まないからクリスチャンがここにいるのだろう。

——検査の時、最初は立ち会おうと思ってた。ただ、慈雨と倖が興奮して邪魔ばかりしそうだったから、別室で待つことにして……そうだ、あの時……クリスチャンにいわれたんだ。「可畏、子供達を黙らせるかどこかに連れていってくれ」と、そういわれた。俺は、結局……この男を信用して油断し、潤を任せてしまった。真実を捻（ね）じ曲げられる可能性を考えもせずに、自分にとって好都合な検査結果を鵜呑（うの）みにしたんだ。

思い返せばあの検査のあと、クリスチャンはやけに上機嫌でエリダラーダに向かった。皇帝竜や毒竜王と呼ばれる伝説の恐竜、マークシムス・ウェネーヌム・サウルスが実在したことや、その生態を知ることができた喜びによるものだとばかり思っていたが、それだけではなかったのだろう。

——潤の腹に皇帝竜の卵が出来ていることに気づいていながら、俺に抹殺されないよう嘘をついた。新たなハイブリッドの誕生を期待し、歓喜して、それが態度に出てたってことだ。

ソファーから起き上がった潤は上着を整えつつ、「卵が出来てないって、はっきりしたのはいいんですけどね」と唇を尖らせている。

一方クリスチャンは、「残念だけど、これでよかったのかなぁ」と、真っ当な義父のような発言をしていたが、その瞳に芽生えた希望の光は隠せていなかった。

いそいそと帰り支度をするのは、ガーディアン・アイランドに蜻蛉返りしたいからだ。

海水で形成された小川と、そこから続く海の底を浚い、見つけだしたい物があることに……

それがなんであるかに、思い至らないのは当事者の潤だけだ。

——潤は卵を吐いた自覚がない。クリスチャンからいわれた検査結果を信じていただけに、ストレス性の胃炎だったと思い込んでるんだ。吐瀉物の異変に気づかなかったということは、おそらく卵は非常に小さかったはず。慈雨や倖の卵が発見されたのはピンポン玉くらいの時で、胃壁から離れた時はテニスボールほどもあった。喉を通れたことから考えて、今回のは遥かに小さく未熟な物だ。

恐竜は卵生だが、超進化を遂げた大半の竜人は卵生ではなく、潤が卵を産めたのは、スピノサウルス竜人の血によって人魚化したせいだ。

水竜人は特殊な生態を持つため、その力を受け継いだ潤は特殊な条件下でのみ卵を作りだすことができる。雌雄同体のリアムの血液を腹部に注射され、竜人の精液を飲むことで無精卵を宿し、さらに精液を飲み続けることで有精卵に成長させることが可能だった。

ただし潤の体には産道がないため、胃壁から剝がれた卵は開腹手術により摘出するしかなく、その後は海水の養分で育てなければならない。

――慈雨と倖の場合が正常な流れで、今回は異常なのか？　それとも相手が違えば卵の成長速度や胃壁から剝がれるタイミングも違って当たり前で、これはこれで正常なのか？　クリスチャンが想定していなかったほど早く母体から剝がれた卵が、下水ではなく海に放たれたのは最悪の展開だ。生き延びる可能性が考えられる。

皇帝竜、マークシムス・ウェネーヌム・サウルスの子であるそれが、今や海底を這い転がる死の石と化していることを、可畏は密かに願う。どうしたって願わずにはいられなかった。

これはこれで正常だなどと、思いたくない、信じたくない。

「オジサン、今から飛行機ってあるんですか？」

「ないけど、心配は無用だよ。ここに泊まらせてくれなんていわないから」

「はい、お引き留めしないので御安心ください。オジサンには一流ホテルがお似合いだし」

「潤くん、ほんとにいうようになったねぇ」

「今日は誕生日なんで、ちょっと我が儘でもいいと思ってます」

「一つ年を取ってもまだ十九か、若いっていいねぇ」

「オジサンもどんどん若返ってるじゃないですか、可畏と兄弟にしか見えませんよ」

潤とクリスチャンの他愛ないやり取りが、燃え上がりそうな可畏の憤怒を冷ましていく。

潤を孕ませたツァーリにも、卵の存在を隠していたクリスチャンにも腹が立ち、またしても父親を信じてしまった愚かな自分が許せなかったが——もしもクリスチャンが潤に正しい検査結果を告げていたら、最終的に卵がどうなろうと、潤の心にツァーリの存在を深く刻みつけることになっていただろう。

クリスチャンは早く帰って卵を探したくて仕方ないようだが、運よく海水に放たれた卵が、強運を生かして成長を続けているとは限らない。

絶滅危惧種にはそうなる理由が何かしらあり、繁殖力に関していえば、皇帝竜は暴君竜より劣るのだ。

——潤が何も知らないまま終わればいい。卵は出来ていなかったものとして、このまま……あの男と潤の縁が、完全に切れればいい。

クリスチャンが去ったあと、潤は「湯上がりだったのにジェルでベッタベタ。もう一回シャワー浴びてくる」といってバスルームに向かった。

「ああ」と答えた可畏は、煮え滾る黒い感情を隠し通す。

潤の血を引く子供を、この手で縊りたいとまでは思わない。

それは潤を愛した自分の誠意であり、一方で自然に消えてくれることを願うのも、これ以上ないほど正直な気持ちだった。

《三》

可畏と子供達が祝ってくれた幸せな誕生日が、クリスチャンの登場によって乱されたのは、その実、潤にとって極めて不本意なことだった。

何かと世話になっているうえに、卵が出来ていないのを改めて確認できたのは悪いことではないので、なんとか笑顔で見送ったに過ぎない。

何も今夜、悪夢の日々を蒸し返さなくても……とやはり不満ではあるものの、ツァーリとの関係を引き摺る必要がないことを決定づける、安心というプレゼントをもらった感覚はある。

自分の体のことは自分が一番よくわかっていて、あれから不調はなかったので、潤としては何も心配していなかった。

しかし可畏は内心、「もし妊娠していたら……」と気を揉んでいたかもしれない。

そんな可畏の気持ちを考えると、今夜の再検査を肯定できた。

いくら目を逸らしたくても、はっきりさせておいた方がいいこともあるはずだ。

「可畏、怒ってるよな?」

シャワーを浴びてバスローブ姿でベッドに戻った潤は、物憂げな可畏の横顔を見つめる。

天蓋付きのベッドの端に座っている彼は、怒りを露わにしたり苦言を呈したりということはないものの、胸の内は荒れている気がした。

「怒ってるように見えるか？」

「うん、なんか……笑ってても目が笑ってないし」

「逆に訊くが、俺の目が笑ってる時なんてあるのか？」

「あるよ、あるある！　慈雨と倖が生まれてからは数え切れないほどあるし、むしろ日常？　顔に出てないと思ってるならとんでもない勘違いだよ」

思いのほか普通に対応してくれた可畏に合わせて、潤はあまりしんみりしないよう明るめの声で迫る。

お互いに、「今日は誕生日だから平穏に」と自分自身にいい聞かせて、喧嘩などしないよう気をつけているのはわかっていた。

しかし思い返してみると、こういった意識が間違いを生んでいるのかもしれない。

「可畏が怒ってないなら、それでいいってものでもなくて、今こうして考えてみると……あの夜、やっと再会して最高の気分で、その空気を壊したくなくて……それで黙っちゃったんだと思う。咄嗟の判断だったと思うし……あの時の気持ちを何もかも憶えてるわけじゃないけど、たぶんそんな感じ」

超音波検査で問題がなかったのに、余計なことをいって可畏に心配をかけたり、あれこれと悩ませたりしたくなかった。

普通の人間として心因性の急性胃炎を起こし、可畏の血によって得た驚異的再生能力によりたちまち完治させただけのこと——あの時も今もそう思っている潤にとって、「痛い痛い」と騒ぎ立てるのはあり得ない選択だった、といってもいいくらいだ。

「なんでもちゃんといえって話だよな、逆の立場だったら俺もそう思う。冷静になればわかることなのに、その場でできなくてごめん」

「——わかってる」

同じバスローブ姿の可畏は、低い声で一言だけ呟いた。

異常があればなんでも打ち明けるべきだと思いながらも、その場の空気を守りたくて、つい隠してしまったこちらの気持ちに理解を示してくれた。

なんでも打ち明けられないのは可畏も同じだったから、わかってくれたのだろう。

自分にしても可畏にしても、独り善がりな理由で黙っているわけではない。

守りたいものがあるからこそ、秘密を選んでしまう時がある。

「いえばよかったなって、あとになると思うのに」

「それは俺も同じだ。組織から出頭要請が来ていたことをお前に黙ってた。否、俺の場合は、黙っていたというより、明確に嘘をついた」

「うん、俺がびくびく怯えて暮らさなくてもいいように……優しい嘘をついてくれたんだよな。だけど俺は、そういうのを敏感に気づける自分でいたかったし、なんでもちゃんと打ち明けてほしいって思ってた。凄い、ブーメランだよな……反省しても同じことまた繰り返すし、学習能力が足りない気がする」

「人間ってのはそんなもんだろ？　因みにこの場合の『人間』には竜人も含まれてる。豊かな感情と高い知性を持つ生き物は、時に合理的な行動を取れずに過ちを繰り返すもんだ。いつになったら懲りるのか、呆れるくらいに」

「可畏……」

今は自分が謝罪すべき状況にもかかわらず、何故か可畏の方が深刻に見え、より大きな罪を抱えているかのようだった。

組織からの出頭要請を意図的に隠し、潤になんの相談もなく独りで判断したことについて、可畏が重く受け止めているのはわかっているが、それが今でも尾を引いているのだろうか。

「なんか、つらいこと思いださせてごめんな。本当は楽しいことだけで終わりたかったのに、卵がどうとか、不愉快だよな」

「お前が謝ることじゃねえだろ、あの男が突然来たのが悪い」

「うん、まあ……何も今日来なくてもいいじゃんとは思ったけど、それはもう、超思ったけど、再検査してくれたのはよかったかな。これで本当にスッキリした」

「ああ、余計なもんが出来てなくてよかったな」

可畏は抑揚のない声でいいながら、ベッドに横たわる。

同じようにしろと誘われている気がして、潤も隣に横になった。

橙色のわずかな明かりが灯る寝室で、枕に半面を埋めながら見つめ合う。

可畏の顔は晴れ晴れしているとはいえず、何を考えているのか読み取らせてくれない複雑なものだったが、目と目を通じて伝わるものはあった。

ほっとしていて然るべき状況で、黒い瞳が不安の色を帯びている。

肝心な時に発動しない自分の能力を歯痒く思いながら、潤は彼の髪に触れた。

根元や頭皮を指の腹で撫でるようにして、ゆっくりと掻き上げる。

「可畏……俺、本当によかったと思ってるんだ」

「――卵が出来てなかったことか?」

「うん、もしも出来てたら……それをどうこうするのは、俺には難しい。自分の子だからってわけじゃなく、相手が誰かってことも関係なく、守らなきゃいけない一つの命と捉えてしまいそうで……だから、最初から何も生みださずに済んだことに感謝してる」

卵が出来ていた場合の自分の答えは出ていて、わからないのは可畏の気持ちだった。

新しい命が生みだされないことを祈り、それが叶って喜んでいるのは間違いないだろう。

しかし可畏は、そんな自分に罪悪感を覚えているのかもしれない。

可畏がそこまで人間的でセンシティブだとは思わないが、目の前にある瞳は揺れている。

「可畏……もしも卵が出来てたら、自分はどんな選択をしただろうとか、そういうシリアスなこと考えてる？」

「また俺の心を読んだのか？」

「ううん、読めてない。ただ、いい状況なのに浮かない顔してるから」

「気のせいだろ」

「それならいいけど、余計なこと考えてる気がして心配になったんだ。出来てなかったのに、出来てたらどうしてたんだろうとか、考え過ぎることないと思うし」

なるべく優しげな口調を意識する潤の脳裏には、ツァーリに洗脳されていた時の、或るやり取りがまざまざと蘇っていた。

それを口にするか否か迷った末に、話してみることにする。

「ツァーリに攫われて、まだ正気じゃなかった時に……あの人に訊かれたことがあるんだ。『最初に出会った竜人が自分じゃなかったら、他の竜人の恋人になってた可能性はあるか？』みたいな、そういう質問をされた。ツァーリは可畏の振りをしてたわけだから、あれって結局、『可畏よりも先に私と出会っていたら、私と恋人になっていた可能性はあるか？』って、そう訊きたかったんだと思う」

「――お前はなんて答えたんだ？」

可畏が思い通りの質問を返してくれて、潤はたちまち安堵する。

当てが外れた場合は、「あの男とのやり取りなんか聞きたくない」と一蹴されるのではと、少し心配だった。

「実際そうなってみなきゃわからないけど、結局どうだったのかが重要……とかいったんだ。最初に出会ったのが単なる偶然だとしても、それを含めて運命だってこと。つまり俺が今いいたいのは……卵が出来る条件が揃っていても、あの人との間には出来なかったってこと。俺と可畏の間には慈雨と倖が出来て、色々な問題があったけど無事に孵化して育ってくれただろ？　奇跡が起きるか起きないか、その差は天と地ほども違う。俺の運命が誰と繋がってるか、この現状が物語ってるよな」

杞憂の末に背負う必要のない重みを感じているのなら、それを切り捨ててほしかった。

結果が重要であり、存在しない物を、もし存在したらと仮定して心を曇らせることはない。

自分が最初に出会った相手は可畏で、孕んだ卵は可畏との間の双子だけだ。

ツァーリとの間に奇跡は起きなかった。彼とは縁がないことが証明されたのだ。

今はただ、何はともあれよかったと、それだけで締め括りたい。可畏に喜んでほしい。

「……可畏？」

そうだな――と、いって笑ってくれるのを期待した潤の目に、シャッターの如く下ろされた瞼が映る。

閉じ切る直前に捉えた黒い瞳は、揺れるだけでは済まないほど大きく動いたように見えた。

眉間に刻まれた皺は一層深くなり、眉はひくつく。

苦しい、苦しいと訴えるような苦悶の表情に、潤は過ちを自覚した。

自分の運命は可畏と共にあると、「可畏だけが特別なんだよ」と強調したくてツァーリとのやり取りを引き合いに出してしまったが、聞くに堪えない話だったのかもしれない。

「可畏、ごめん……聞きたくなかったよな、こんな話」

失敗した、失敗した、たぶんそうだ。

立場を逆にすればわかることで、潤としても、可畏と生餌の過去の話は聞きたくない。

可畏が「アイツらに対して愛情はなかった、お前とはまったく違う」と熱く語ったとしても、ベッドを共にしていたというだけで面白くない話だ。わかっていても聞きたくない。

「可畏、本当にごめん。いいたいこと、上手く伝えられなくて」

「いや、十分に伝わってる。お前の言葉を噛み締めてただけだ」

きつく寄せられていた眉間が開かれ、睫毛が緩やかに上がる。

可畏の言葉が真実なのか嘘なのか、すぐにわかった。

しかし繰り返し謝るのは間違いだ。嘘をつき、無理をしているのがわかるけれど、こちらの失言を可畏が呑み込んでくれたなら、しつこく謝って空気を悪くするべきではない。

「潤、お前の運命は俺と共にある。身も心も全部、俺だけの物だ」

「可畏……」

むくりと起き上がった可畏に組み敷かれ、バスローブの胸元を開かれる。

黒い瞳は真っ直ぐに向かってきて、もう揺らぎはしなかった。

昔のようにすぐに怒らず、余計なことをいった自分を許してくれる可畏を、潤は心から受け入れる。

気持ちが伴えば、体は自然と動くものだった。

愛しさが体温を上げていき、両手は可畏の背中に回る。

引き寄せるまでもなく迫ってくる唇を前に、潤の唇は綻んだ。

「俺は……俺の物だし、可畏と慈雨と倖の物でもあるけど、今夜は……可畏だけの物だよ」

これは本来、可畏の誕生日にいうべき台詞かもしれない。

おかしいかなと思ったけれど、贈りたい気持ちが膨れ上がったので突き進むことにした。

自分がこの世に生まれた日を心から喜んでくれる可畏に身を捧げるのは、とても理に適った話だ。きっと何もおかしくない。

「――う、ん……」

優しさよりも欲望が強く出たキスをされ、胸と肩を押さえつけられる。

信頼に裏打ちされた荒っぽさは、独占欲を表す愛情表現だ。

可畏のそれは、潤にとって悦びでしかなかった。

「ふ、く……ぅ」

「――ッ、ン……」

食らいつくようなキスをされ、舌ごと唾液を吸い上げられる。

息苦しくなる寸前に解放されると、自由を得た舌が物欲しげにうねりだした。

自分の舌なのに、まるで別の生き物のように動いて可畏の舌に絡みつく。

生存本能は酸素を求めていたが、急速に台頭する性欲が優先順位を狂わせた。

呼吸をおざなりにしてまで、ねっとりと濡れた舌と肉感的な唇を求める。

「は……ぅ、ふ」

ケーキの箱が展開されるように、ばらりと広がる四肢から力が抜け、膝が離れた。

バスローブの腰紐を解く前から、淫らな変化を遂げた体が露わになる。

――可畏の手……熱い……。

自分よりも体温が高く、頼もしい大きな手が好きだ。

暴力的で、振り上げられるたびに怖かった時もあったけれど、今は護りの手であり、快楽や癒やしを与えてくれる手でもある。

「可畏……っ、ぁ……！」

いつの間にか目の色が変わっていて、瞳を囲む虹彩が赤みを帯びていた。

胸と肩にあった手が、揃って鳩尾まで流れていく。

──あ……俺の、腹？

一定の条件下で卵を作りだす可能性がある胃の上を、十指で撫でられた。

普段当たり前に触れる乳首や性器ではなく、すべての指で胃の上をやんわりと圧迫するのは、可畏の中に芽生えた新たな独占欲なのだろう。

ここに他の男の卵を宿すことなど絶対に許さない──そんな燃えるような赤い目をしながら、腹を睨み下ろしてくる。

「潤、お前は俺の物だ。ここも含めて全部、俺と……俺の子供としか繋がらない」

「ん……っ、そうだよ……俺は、可畏と、子供達とだけ……」

ツァーリと最後の一線は越えないよう、本能と意志の両方を駆使して貞操を守り抜いたのは、間違いなく自分自身だった。そして卵も出来ていなかったのだから、身も心も運命も、可畏と、可畏の子供達とだけ繋がっていられる。

「可畏……ッ」

悦びが潤の中で花開き、最もわかりやすい肉体の繋がりを求めずにはいられなかった。

指で触れていた鳩尾に顔を埋めてくる可畏の頭を、潤は両手で包みながら髪を梳く。

整えるのではなく、ぐしゃぐしゃと乱してしまうくらいに、指が貪欲に動いた。

「あぁ……っ」

「──ン、ゥ」

臍より十センチばかり上を吸われ、濃厚なキスマークをつけられる。

それが消えるとすぐにまた、同じところを強く吸われた。

可畏の血の影響で、内出血などすぐに治してしまう体を、今は憎らしく思うだろうか。

そう昔のことでもないのにすでに懐かしいが、可畏は出会ったその日から、潤の腹に名前を書くような男だった。

万年筆で書かれた名前よりも早く消えてしまう、可畏がつけた赤い印……ほんの短い間しか留めておけなくても、その想いは胸の奥まで沁みてくる。

「は……ふ、ぁ！」

何度目かの痕をつけ、可畏は潤の性器に食らいつく。

肉食竜人の大きな口に深々と食まれながらも、与えられるのは快楽への期待ばかりだった。

「可畏……ぁ、く、あぁ……ッ」

昂る性器を根元から吸い上げられ、雁首を喉の奥に当てられる。

普通の人間なら嘔吐いてしまうほど奥まで迎えた可畏は、そのまま頭を上下に揺らした。

「ん、ぅ……あ、ぁ！」

弾力のある唇に挟まれながら、肉厚な舌に裏筋を舐められる。全長を隈なく締めつけられ、熱い粘膜の肉洞を繰り返し突かされると、男としての悦びに腰が震えた。

「可畏、ぁ、い、ぃ……凄い、いぃ……ッ」

確かに好くて、可畏の下唇に打たれる双玉が、きゅうきゅうと凝り固まる。

そこでどんなにたくさん製造されても無意味な子種が……可畏の血肉になれるなら無駄ではないとばかりに湧き踊り、今にも飛び立ちそうだった。

「や、ぁ……も、う……達っ、く……！」

じっとしていられないのは体も同じで、上体が左右に揺れてしまう。

攣りそうなほど伸ばした爪先が、シーツを滅茶苦茶に掻き乱した。

可畏の頭に触れた両手も、ぴくぴくと痙攣しながら髪を梳く。

時には耳朶に触れ、摘まんだり引っ張ったりを繰り返した。

「ふ、あぁ――ッ！」

「――ッ、ゥ……」

張り詰めた鎖がバツンと切れて、怒濤を堰き止めていた理性が砕ける。

勢いよく襲いくる波に押し流されるかのように、腰や背中が宙に浮いた。

散々我慢させられた末にようやく許されて射精するのも最高だが、ただひたすら愛されて、伸び伸びと思うまま解き放つのも同じくらい最高だった。どちらが上とは決められず、強いていうなら、その時々その瞬間が最高で、それは容易に更新を続ける。

――いい……凄く……いいけど、でも……ッ！

男としての悦びなど温いとばかりに、潤の体は至上の悦楽を求めだす。

刺激を受けている性器を余所に、窄まりが疼いて存在感を増していった。

早く早く、と急かすように括約筋が動きだし、可畏の雄を求めて蠕動する。

「あ、ぁ……ぅ、ぁ！」

顔を上げた可畏は、好物であるベジタリアンの体液を飲み干さず、口に含んでいた。

ごくりと音を立てることも、動くこともない喉を見つめながら、潤は期待に胸を焦がす。

「可畏……っ」

ここは寝室で、ゴムはもちろん、最近気に入っている薔薇の香りのジェルなども子供達に見つからない場所に隠してあるが、そんな物に手を伸ばすのが惜しい時が自分にはある。今の可畏も同じ心境だと思うと、濡れないはずの器官が蜜を零し、とっぷりと濡れる気さえした。

「あ、ぁ……！」

ベッドマットの上で両脚を高く抱えられ、後転しそうなほど尻も腰も浮かされる。

どうしたって濡れない場所に唇を寄せられて、谷間にそっと口づけられた。

「んぅ、や……っ、可畏……さすがに、ちょっと……恥ずかし、ぃ」

可畏の目に映っている光景を想像すると、羞恥の炎に肌を炙られる。

主照明は落としているものの、閉所恐怖症の可畏のために、程々の明るさは保っていた。

天蓋付きのベッドとはいえ、ヘッドボードの上にランプがあるため、ベッド内もそれなりに明るい。

――恥ずかしいくらい、丸見えで……でも恥ずかしさに、なんかドキドキしたりして……。

可畏の唾液に塗れ、残滓を滴らせる性器と、鎮まらない双玉が潤からも見えた。

可畏の指が食い込む内腿も、尻の形そのままの谷間も見える。

そこに埋まる可畏の顔が、やたらと近くにあった。

「やあ、ぁ……っ、んぅ！」

体を丸く折り曲げられ、可畏の視線に囚われる。

濃いピンク色の舌の上を、白い粘液が滑り落ちる様を見せつけられた。

尖らせた舌先が突いているのは、勝手にひくつく肉孔だ。

生温かい粘液が舌ごと入ってくると、そこはたちまち濡れそぼつ。

「く、ぁ……ふ、っ」

「――ン、ク……ゥ」

ぬるぬると中で動き回る舌が、このあと押し寄せる快感を教えてくれる。

繋がり続ける視線を通じて、お互いを欲しい欲しいと求める気持ちが行き交った。

可畏が口に含んでいたぬめりのすべてを注ぎ込んだ時にはもう、孔は綻び、洞の奥に向けて
生温かい粘液が伝うのがわかる。

「う、ぁ……っ」

「――潤、お前と繋がるのが誰なのか、その目でよく見てろ」

身を起こした可畏の言葉が、高く上げた脚の間から降り注ぐ。

可畏の髪の感触を失った潤の両手は、迷わず自分の膝裏に向かった。がしりと摑んで引き寄せ、より大胆になる恰好を、顔を赤らめながら保つ。

可畏にいわれた通り、今夜は肉体の繋がりをしっかりと見ていたかった。

小さな窄まりを抉じ開け、他の誰でもない、可畏が自分の中に入ってくる様を目に焼きつけたい。恥ずかしいけれど、それ以上に実感したいものがある。

「可畏……早く……っ」

「――急かされるまでもねえ」

天に向かって晒される谷間に、同じく天を仰ぐ不遜な昂りが迫る。

見るからに硬質で、肉や血の塊とは思えないほど聳え立つ雄は、酷く暴力的だった。

それがどれほどの悦楽を与えてくれるか、知らなければ身の毛も弥立つ威圧感だ。

「ひ、ぅ……ッ！」

いくら慣れても、どれだけ蕩けて解れても、一瞬の痛みは走る。

狭隘な肉が内側から拡張され、ぬちゅりと、音のない結合が始まった。

続いてヌプヌプと、猥りがわしい音が立ち始め、可畏自身の手で角度を下げられた性器が、潤の中に埋まっていく。

「くぅ、は……ぁッ！」

先回りしていた粘液は、あとからやって来た肉塊に押しだされて溢れだし、吊り下がる袋の両脇からとろとろと流れていった。

粘質な音と共に、「潤……！」と、名前を呼ぶ可畏の声が耳を掠める。

官能の悦びに染まりながらも、どこか苦しげで切なく……心に秘めた想いを絞りだすような声だった。

「あ、ぁ……ん、ぁ！」

「潤……ッ」

さらにまた呼ばれ、ズプズプと沈み込んでくる可畏を、潤は脚の間から見つめ続ける。

自分も可畏の名前を呼びたいのに、口から漏れるのは甘い嬌声ばかりになってしまった。

「は、ぅ……か、ぁ……はぅ！」

腰を上下に揺らす可畏の真下で、潤の体もベッドマットごと上下に弾む。

その反動を含めて、肉の凶器がズンッと奥まで入ってきて、あまりの衝撃に「くあぁ！」と、色気のない呻き声まで上げてしまった。

「やあぁぁ！　奥……ッ、奥……深っ、過ぎ……ぃ」

同じ男として憧れる、完璧で立派な形の雄が、中を複雑に突いてくる。

大きく張りだした肉笠が、前立腺を揉み解したり、内壁を逆撫でしたりと暴れ捲った。

潤の小指ほどもある裏筋は、深く浅く押し寄せては引き、渦巻く刺激を与えてくる。

「あぁ、あぁ……あぁ――ッ！」

息をつく暇もなく、気づいた時には白いシャワーを浴びていた。

人肌温度に冷ました濃厚なミルクペーストのような粘液で、顎や頬をボタボタと打たれる。

何度か「可畏」と呼べた気もするけれど、狂おしい嬌声に呑み込まれ、まともな声にはならなかった。深く突かれる肉体の歓喜があまりにも大きく、盛りのついた獣のように、ただただ喘ぐことしかできない。

「――潤……！」

また、名前を呼ばれた。

それしかいえなくなってしまったかのように、さらにもう一度、「潤……」と呼ばれる。

こんなに気持ちがよくて、最高をまた塗り替えたと思えるのに、何故どこか悲しげなのか、どうしてそんなにつらそうなのか、潤には可畏の気持ちがわからなかった。

「可畏……」

顔を顰めているのは、絶頂をこらえているからだと思いたい。深く考えなくても大丈夫だと思いたい。体はもちろん、心まで繋がっていると信じているから――今はただ、可畏と一つになる悦びに溺れていたかった。

《四》

しばらくの間だけ一つ年上になった潤のボディーガードとして、可畏はプレジカローレ銀座本店に来ていた。

もちろん子供達も一緒で、新ブランドのミューズを務める潤の撮影を見守る。

メンズラインを担当するフランス人モデル、リュシアン・カーニュが行方不明になり、彼が所属するモデル事務所との契約は打ち切りになっていた。

隠された事実とは無関係に、表向きは原因不明の失踪のまま進展していない。

警察の捜査は今も続いているものの、モデル事務所が竜嵜グループに違約金を支払う形で、ビジネスとしては決着がついている。

リュシアン・カーニュの代わりを務めるモデルは、血液検査で確認済みの純然たる人間で、リュシアンとはかけ離れた容姿の男だ。

何人かの候補の中から、オーナーの可畏がブロンズ色の肌と黒髪の日系アメリカ人モデルを選んだ。

理由は単純で、自分との共通点が多く、潤と並べた時の絵面に違和感がなかったからだ。潤がモデルの仕事を続ける以上、金髪や銀髪の白人モデルと並ぶ機会はあるかもしれないが、ひとまず今は避けたい気分だった。

「ジーくん、マーマきれーね」

「うん！　マーマかっちょーいよ」

撮影終盤、可畏の膝に乗っていた倖と慈雨が、まだ低い鼻を高々と自慢げに上げながら手を叩く。

これまでにも同じようなことをいってはいたが、終盤だと察したのか「コーたん、マーマね、もうしゅぐらよ」「うん、おちゅかれしゃまらねー」「らしゅとって、ゆってたもんね」「ん、ゆってたねー」と、顔を見合わせて喜んでいた。

同じメンズラインでも、リュシアンが着た衣装とは違うファーコートを着て潤と絡む日系人モデルに、可畏は密かな称賛を送る。

リュシアンと並ぶと潤の髪はブロンドとは表現しにくい色に見え、肌の色も、白いとはいえ白人のそれとは違うのがわかるが、今度のモデルは潤の日本人離れした点を際立たせていた。

人種が変わるとターゲットも変わるので、関係者との打ち合わせと変更を重ね、撮影に漕ぎつけるまでが大変だったが、新しい路線も悪くないと思っている。

「このモデルにして正解だったな。知名度は劣るが、潤には合ってる」

「知名度だ、ち、め、い、ど。世間にどれくらい知られてるかってことだな。この世には人に知られちゃならない立場の人間もいるが、モデルなら知られてる方がいい」

慈雨の問いに答えた可畏は、なんとなく理解したらしい慈雨から袖を摑まれる。くいくいと引っ張られるので「なんだ？」と訊くと、耳に顔を近づけられた。

「パーパ、あのモデウさんね、パーパのまねっこらよ」と内緒話をされる。

「……ん？　肌と髪と、目の色が似てるってことか？」

「んっ、にしぇものよ」

「慈雨、ああいうのは真似っ子とも偽者ともいわないんだ。あのモデルも俺も生まれつき同じ色だからな。お前の肌の色だってそうだろ？」

「んー？　ジーウのおめめ、あおいもん。おかみはね、きーいろらよ。マーマとね、パーパと、コーたんね、バーバもね、ジーウのおかみ、キラキラねってゆーの、きれーねってゆーのよ」

フフンと自慢げな慈雨のブロンドを撫でながら、可畏は「おかみってなんだ」と苦笑する。

子供は原則として褒めて伸ばして育てる方針だが、慈雨は性格的に持ち上げ過ぎると調子に乗るところがあるので、可愛い可愛いといい過ぎないよう気をつけなければと自省した。

「慈雨、あまりナルシシストにならないようにな」

「ジーウ、ナール？　なるよー」

「ならなくていいっていってるんだ。まあとにかく、相手が誰であれ、潤がプレジカローレの服を完璧に着こなすミューズだってことに変わりはないな。誰と並んでも美しい」

子供達と特等席で撮影を眺め、無事に終わりそうでよかったと思う一方、撮影が終わるのを可畏は少し淋しく感じていた。

モデルとして光り輝く潤を、もう少し見ていたくなる。

リュシアン・カーニュの圧倒的な存在感を失い、代わりのモデルにはその穴を埋めるほどの力はなかったが、メインの潤は著しい成長を遂げていた。

宣伝用スチールと動画の撮影を一度しか経験していなかった時と、ほぼ同じことをもう一度やっている今とでは、明らかに出来が違う。

以前撮影したものを見て自分なりに思うところがあったようで、ポージングの拙さや表情を見事に改善していた。

あの時すでに新人とは思えない素晴らしい出来だと感心していた可畏も、より自然で美しく見える今の潤を前にすると、前回の潤の未熟さに気づかされる。

「パーパ、マーマのおかみ、キラキラちてるね。ジーウくんのおかみ、キラキラれ、マーマもキラキラね」

「そうだな、慈雨の髪はブロンド、潤の髪は飴色ってとこだな」

「マーマ、あめらの？　コーね、あめしゅきよ」

「ああ、その飴だ。お前達が舐めたのは色つきのやつだが、べっこう飴のような色の……っていってもわからねえか。そのうち目の前で作ってみるのも悪くねえな」

「あめ？　あめちゅくるの？　コーとジーくんも？　ちゅくれる？」

「火傷するといけねえから、見てるだけだぞ」

子供達の相手をしつつ、可畏はライトを浴びる潤に視線を戻す。

世界的な映画監督であり、今は写真家として活動しているレオナルド・ダグラスが、最後に撮ったスチールをモニターで確認し始めた。

チーフ・クリエイティブ・オフィサーやデザイナーを始め、撮影チームのスタッフが英語でやり取りしている。

子供達を抱いて少し離れた場所に座っている可畏の代わりに、秘書の五十村豊が確認作業に加わっていた。

超進化型ユタラプトルの大きな影を背負いながら、満足げな笑みを浮かべている。

五十村は可畏の意向を把握しているので、「これなら可畏様も納得いくはずだ」と確信して、撮り直しが無事に済んだことを喜んでいるのだろう。

前回の撮影後に潤が誘拐され、唯一の目撃者として責任を感じていた五十村としては、感慨深いものがあるようだった。

レオナルド・ダグラスがＯＫを出し、店内は盛大な拍手に包まれる。

片手で持てないほどの花束が用意され、五十村は潤の代わりにそれを受け取った。

前回と同じようで違うのは、可畏が子供達と共に楽屋に付き添う点だ。

周囲にどう思われようと気にすることなく、着替えるたびに毎回必ず潤と移動した可畏は、最後の着替えを前に席を立つ。

「マーマ、おちゅかれさまれっしゅ！」

「マーマ、ふんごいきれーらったの！」

あの日は、このあとに潤が攫われた。

その時受けた衝撃と、心臓をカミソリで切り刻まれるような痛みを思い返すと緊張せずにはいられない可畏だったが、無邪気に喜ぶ慈雨と倖を抱きながら潤の元に行く。

「潤、前回より遥かによかった」

「可畏……」

日本語が通じないスタッフが多いにもかかわらず、わあっと場が沸いて、より大きな拍手を送られた。

大丈夫、今日は何もない。何も起きない――滲みでる脂汗をこらえながら、可畏はオーナー然としてダグラスやスタッフ達に労いの言葉をかけようとした。

「――っ、す、すみません！　ちょっといいですか⁉　大変です！　今スマホの電源入れたら、ニュースが！」

紛れもなく人間であることが確認済みの日本人男性スタッフが、突如割り込んでくる。

また何か起きたらしいという、ただそれだけで、可畏の神経は限界まで張り詰めた。

「リュシアンさんが……っ、見つかって、今から緊急会見をやるそうです！」

どうか今日は何も起きないでくれと願っていた可畏と、潤と、種族や人種を超えたすべての関係者の願いが、一瞬にして壊れかけた瞬間だった。

リュシアンが見つかったというニュースは、大半の人間にとって悪いものではなかったが、いずれにしても響動めきは止まらない。

「テレビを点けます！　オーナー、どうぞこちらへ！」

潤と顔を見合わせていた可畏は、子供達をよりしっかりと抱きながらモニターに歩み寄る。

通常は特定の映像を流すために用意されている巨大なモニターを、店舗スタッフが大急ぎで地上波放送に繋げた。

ザッピングし始めてすぐに、リュシアン・カーニュの顔が映しだされる。

誰かが「ああリュシアン、無事でよかった！」と歓喜の声を上げたかと思うと、「何あれ、指をどうしたの⁉」と、悲痛な声を漏らした。

無数のマイクの向こうに座っているリュシアンの指に、包帯が巻かれていたからだ。

それも一本や二本ではなく、両手すべての指に巻かれている。顔と首にも、大きなガーゼを一枚ずつ当てていた。そこから傷や痣らしきものが食み出ているのが痛々しい。

——リュシアン・カーニュ……また、世間に顔を出すのか……。

可畏はこうなる可能性を多少は考えていたものの、本命の予想を裏切られ、驚きと抵抗感を禁じ得ない。

恐竜の影を持たない『なりそこない』或いは『サバーカ』である彼は、他人に自分の肉体を貸し与える能力を持っており、巨大氷窟から動けないツァーリの依代となることができる。

その正体を可畏に知られた以上、モデルという目立つ立場は捨てると考えていた。

謎の失踪を遂げたまま世間に忘れ去られるのを待ち、髪色や髪型を変え、別人を装って暗躍するのだろうと、そう予想していたのは可畏だけではない。

フェイクファーコート姿の潤も、暖かな恰好とは裏腹に凍りついた顔をしていた。

「パーパ、あみもにょのモデウさん、おてて、いたいいたいね」

可畏の胸元に縋りつく倖は、モニターに映るリュシアンに同情を寄せる。

以前会った時、ウサギの帽子を編んでもらった印象が強いのだろう。

一方、当時からリュシアンを警戒していた慈雨は、今も倖とは目つきが違った。

特に怒っているというわけではないものの、何を考えているのか読めない顔でじっと画面を見据えている。

店内からは啜り泣く声が聞こえてきて、裏事情を何も知らないスタッフ達は、リュシアンの生還を本気で喜んでいた。

「ああ……リュシアン、本当にリュシアンだ。何があったか知らないが、とにかく生きていてくれてよかった」

より大きな声で感激を示すのは、リュシアンを被写体として高く評価しているレオナルド・ダグラスで、彼が自国から連れてきたスタッフがまたしても手を打ち鳴らす。

会見の冒頭はすでに終わっており、リュシアンの美しいフランス語に被せるように、妙齢の女性の声で同時通訳されていた。

少し遅れて字幕も出るが、可畏はリュシアンの言葉を直接聞き取る。

『マネージャーと共に何者かに拉致されて、すべての爪を剥がされる酷い拷問を受けたんだ。そのあと、たぶん大きな箱のような物に放り込まれた。目隠しされていたのでわからないけど、コンテナだったのかもしれない。捜査関係者にも、そう説明してある』

リュシアンが拷問について語ると、可畏は周囲にいた多くのスタッフから「酷い」と一斉に非難を浴びた。

もちろん可畏がリュシアンに暴行を加えたことも、爪を剝がしたことも誰も知らない。

正確に言えば、今ここにいる竜人や人間の中で、五十村以外は知らない話だった。

非難は正体も目的も不明の犯人に向けられているに過ぎず、テレビの中では犯行グループとされているが、可畏からすれば自分達こそが被害者だ。

それは弱者の代名詞のようで不愉快だが、この件に関して加害者扱いされる覚えはない。

『船で荷物のように運ばれて、どこかに連れていかれた。とても蒸し暑い場所だった。スパイ疑惑をかけられ、否定しても信じてもらえなくて……つらかった。どれだけ痛めつけられても認めずに否定し続けたら、やっと解放されたんだ。正直な気持ちをいうと、生きて帰れるとは思わなかった。守ってくれた神と、無事を願ってくれた人々に心から感謝しているよ』

フランス語を理解できる可畏よりも遅れて、同時通訳や字幕によって状況を把握した潤が、眉根を寄せる。

眉間に亀裂を入れたように、それはいつになく深いものだった。

通訳担当を務める五十村が、英語以外は理解できないスタッフのために英訳すると、それを聞くために集まってきた彼らが安堵の表情を見せる。

当たり前だが、真実を知る者と知らない者とでは反応が百八十度違っていた。

リュシアン・カーニュはモデルとしての実力が高いだけではなく、時間に正確で誠実な仕事ぶりが評価されていて、人当たりもいい。彼のことを好きな人間はいても嫌いな人間は滅多にいない、チャーミングな実力派モデルだ。

「モデウさん、おてて、おげんきれきる?」

その魅力に惹かれた者の一人である倖の問いに、可畏だけではなく潤も言葉に詰まる。

親としてどうするべきか、顔を見合わせてお互いの考えを探ってから、潤が倖の頭をそっと撫でた。

「うん、お医者さんに診てもらってるから大丈夫だよ」

誰に聞かれてもおかしくないように、潤は無難なことをいう。

しかし声は震えていて、メイクをしていてもわかるくらい顔色が悪くなっていた。

——リュシアンが被害者として世間に姿を現し、同情を買う選択をしたのは、おそらく社会復帰のためだ。なりそこないの怪我の治りは遅いが、やがて完治する。ほとぼりが冷めた頃にモデルとして活動を再開する気だろう。今の中身がリュシアンなのか、それともツァーリなのか見分けがつかねえが、この先……リュシアンが動けばツァーリ本人が動くのと同じことだ。

恐竜の影を持たないコイツに変装でもされて近づかれたら、すぐには気づけない。

エリダラーダでの激戦を終えても、平和な日常が続かないことは覚悟していた。

ツァーリが潤を諦めていないのは明らかで、彼が自身の器となるリュシアンの奪還を求めた理由も、わかっていたから怖かった。

恐竜化してマークシムス・ウェネーヌム・サウルスと戦うのが怖いのではなく、潤や慈雨や倖が、伸び伸びと暮らせずに窮屈な思いをし、やがて笑顔を曇らせてしまうことが怖い。

短期間でも多大なストレスを感じたのを思い返すと、永遠の厳戒生活は地獄だ。

「可畏……画面越しだし、絶対っていい切れるわけじゃないけど、たぶん、今のリュシアンは本人だと思う」

「——っ、潤」

「なんとなく、そう思う。写真だとわかりにくいんだけど、動画だと直感的にどっちかわかる気がするんだ。何がどうって説明できない何か……オーラの一言で片づけるのは雑かもだけど、なんとなく差を感じる」

密やかに語られた潤の主張を、可畏は疑うことなく受け入れた。

生まれつき普通の人間とは違う潤なら、説明できない直感が働いても不思議ではない。

生来の能力とは別に、「しばらく一緒に過ごした男のことだから、なんとなくわかる」とも取れるが、後者の考えは自分を追い詰めるだけなので切り捨てた。

「今の中身が奴じゃないからといって、安心はできない」

「うん、それはわかってる」

余計なことをいったかな――と、潤に思わせてしまったのを感じた可畏は、役に立つ直感に対して不快げな顔をしていたのを自覚する。

潤に悪いと思ったが、だからといってフォローする気になれずに黙っていると、斜め後ろに控えていた五十村が距離を詰めてきた。

「これでは、次期総帥としての御役目に集中することができませんね」

五十村の呟きは、竜人でなければ聞き取れないほど小さなものだった。

溜め息を混ぜ込んだ気怠さを帯びていて、紳士服売り場に並べられている顔なしのマネキン並みに血の通わない表情とは裏腹に、感情的だ。

「潤様や御子様方のボディーガードを、可畏様御自身がしなければならない状況が、いったいいつまで続くのでしょうか」

「──人任せにはできない」

「はい、それはもちろん承知しております。仕方がないこともわかっていますが、だからこそ口惜しいのです。SURコミュニケーションズからは、可畏様に本社にお越しいただきたいと再三いわれていますし、お兄様方に任せている地域にも、定期的に存在を示しに行かなくては好き放題やられてしまいます。やはりアジアに対する影響力とは違いますから」

五十村の忠告は尤もで、可畏としても自由に動きたい気持ちは強い。

竜嵜グループ次期総帥という立場で、自身が主導して買収した大手通信会社、SURコミュニケーションズの本部がある米国イリノイ州には、まだ一度も足を踏み入れていなかった。

上層部の人間をすべて入れ替えて傘下の竜人のみにしたとはいえ、面識のない役員もいる。竜人の場合、人間以上に直接会うのを重視しており、お互いが背負う恐竜の影を見せ合って上下関係を明確にさせる習慣があった。

こちらがティラノサウルス・レックスという明らかな強者とはいえ、やはり直に影を見せて威圧をかけ、裏切る気など間違っても起きないよう、力の差を見せつけておいた方がいい。

そして欧州の支配地域を分割して任せている愚兄らにも、たまには会って首根っこを押さえ、身の程を弁えさせる必要がある。

兄達に影を見せ、格の違いを思い知らせるなら呼びつければ済む話だが、遠い地で竜寄家の支配力を強めるためには、可畏自身が降臨しなければならない。虎の威を借る狐を配して彼の地の有力竜人を抑え込んでいる以上、虎には存在感を示す義務があるのだ。

「可畏、大丈夫か？　仕事の話？」

五十村と小声で話していると、潤が「子供達、預かろうか？」と訊いてくる。

「いや、問題ない。このまま着替えにいくぞ」

「うん、リュシアンのニュースも終わったし、皆で移動しよう」

「マーマ、おきがえちたらかえりゅ？」

「コーもね、おうちかえいたいの」

「慈雨くんも倖くんもお疲れ様。いい子でいてくれてありがとう。着替えたらすぐ帰ろうね」

可畏が抱いている子供達に目線を合わせ、平静を装って微笑む潤と、親の不安を感じ取っている子供達を見ていると、可畏の胸は胃と共にキリキリと締めつけられる。

いつまでも行動を制限され、警戒を余儀なくされていることに疲弊していたが、改めて気を引き締めた。

弱点を抱える道を選んだのは自分だ。

それに関しては一片の悔いもなく、望んで得た幸福を守るために、全力を注ぐ覚悟だった。

《五》

生活科学部栄養学科の講義が行われている大講義室は、止まぬ私語でざわついていた。

前半は食物アレルギーに関するテレビ番組を流しているだけで、後半はテキストをそのまま読むだけという、工夫のない講義内容が原因だ。

潤を挟んで座っている生餌の二号と三号も、ペチャクチャという表現がこれ以上ないくらいぴったりの調子で喋り続けている。

潤は内心「そんなに喋りたいなら俺を挟むなよ」と思っていたが、二人は可畏から、「常に潤を挟んで行動しろ」と指示を受けているため、並びに文句はいえない。

仕方がないので、「シー」っと静粛を促した。

「一号さんだって集中してないくせに。テキスト、今そこじゃないんですけど」

「それとこれとは別の話だろ。こんな前の席でペチャクチャと、他の人に迷惑だって」

「えーでもぉ、人間向けのアレルギーの話なんて退屈じゃないですか。こんな講義、真面目に受けてる学生いませんよー」

二号ユキナリと三号の間で、潤は頭を抱えたいのを我慢する。

指摘通り自分も集中しておらず、おしゃべりをやめてほしい理由は講義とはまったく関係のない考え事のためだった。いわれてみれば確かに、いい子ぶって「シー」「シー」と、二人を注意する資格はない。

――あの会見から、今日で一週間……世界的人気モデルの拉致監禁事件に世間がざわついてたのも、結局ちょっとの間だけだったな。生還したからっていうのもあるだろうけど。

今や日本人の関心は他のニュースに移り、古いものは順次忘れられていく。

ただし関係者となれば話は別だ。いつだって自分が関わった出来事が念頭にある。

潤はノートにシャープペンシルを転がしながら、今日もあの会見映像を思い返していた。

力のない自分にできることは限られている。

外出や他者との接触を極力控えつつ、子育てと勉学とモデル業に専念するしかないが、守る立場の可畏はそれだけでは済まないことを重々わかっていた。

――このままじゃ可畏が気の毒過ぎる。ピリピリしてるのを子供達に悟られないよう、凄く頑張って普通に見せて……でも、常に気を張ってるのがわかる。夜中も何度も起きて、学院のセキュリティが正常に機能してるか、自分の目で確かめなきゃいられないみたいだし。

大学に籍を置きながらも竜嵜グループの次期総帥として、可畏はこの春から仕事に専念する予定だった。

しかし現実は理想と程遠く、自身が買収した通信会社に出向くこともできず、海外どころか都内の本社にすら、潤と子供達が一緒でなければ行くことができない。

基本的に仕事はすべて大学の寮の書斎で、オンラインで済ませるしかなかった。

可畏の母国であり、最も完全に支配下にある日本国内でさえ思うように動けないのだから、ストレスが溜まるのは当然だ。

――慈雨や倖が生まれる前は、不機嫌なら『不機嫌』って書いたような顔してたのに、今は気づかれないよう一生懸命な可畏に……俺ができるのは、気づいてない振りをすることだけ。

潤に見抜かれていることを、可畏はおそらくわかっていて……それでも、平和な日常の中で当たり前に家族を守る自分を演じている。

そして潤も、ツァーリが憑依(ひょうい)したリュシアンの襲来など考えてもいない振りをして、可畏に守られているから何も心配していない自分を演じる。

――そのことに触れると、張り詰めた神経がどうにかなりそうで、お互い頭にはあるのに、表面上はスルーして……子供達と遊んで笑ったり、キスしたりセックスしたり……そうやって誤魔化し続けるのが、俺達の日常になっていくのかな？　それが普通になって慣れちゃえば、ストレスも大して感じなくなるのかな……。

敵の襲来は、譬(たと)えるなら地震に似ていて、日本人の多くは潜在的に、「いつか大きな災害に遭うかもしれない」と思っている。

地震が来たらどうなるのかを考えて備えながらも、毎日毎日そのことに囚われて怯えているわけではない。場合によっては命を失う恐怖を抱えていても、備えることが日常になればびくびくせずに暮らせるのだ。

――可畏が守りたいのは、俺や子供達が安心して暮らせる生活だから……最初は演技でも、だんだん慣れていけばいい。大丈夫……いくらリュシアンの体を使えるからって、ガイは……ツァーリは……また俺を攫ったり洗脳したりはしない。もちろん絶対とはいい切れないけど、そういう卑劣なことを繰り返すタイプとは思えない。

大講義室で『アレルギー対応食の基礎』の講義を受けながら、潤は自分の不安を軽くして、脳内をなるべく楽しいことで塗り替えようと意識する。

勉強の遅れを取り戻さなければと思う一方で、それ以上に大事なのはメンタルを立て直し、明るい笑顔を保つことだと思っていた。

家族の中で自分がどれだけ大きな役割を担っているか、今は特に強く自覚している。恐竜と戦う力はなくても、可畏や子供達の心を支える力は確かにあるのだ。だからこそ、家族の前で本気で笑える自分でいなくてはならない。

――意識してでも楽しいことを考えよう……或いは勉強に集中。アレルギー……人間が持つアレルギーについて……あ、ベジタリアンの俺的には小麦アレルギーが相当つらいな。ただでさえ口にできる物が限られてるから。

多様な食物アレルギーが紹介される中、潤は数多くの食品を拒むことで周囲から憐れまれた少年時代を思いだす。

潤の場合はアレルギーではなく、動物や鳥や魚の感情を読み取る力があるために、肉は疎か、卵を使った菓子類なども食べられないという精神的な問題だった。

幸い古い時代の人間ではないので、「アレルギーなんです」と嘘をつけば無理に勧められることはなかったが、その代わりいつも「かわいそうに」「気の毒に」と同情された。

潤からすれば気の毒なのは生き物の方で、無精卵ですら、命を練り込んだ物に思えて未だに食べられない。

——あ、そうだ、可畏の誕生日ケーキのこと考えよう。あんな素晴らしいケーキをもらったあとに、見た目普通の手作りとか恥ずかしいけど……何しろ三ヵ月近く先の話だし、チーズやチョコレート系だけじゃなく、卵を使ったケーキとか作れるようになりたいな。たぶん実際にやったら眩暈がすると思うけど、なんとか克服して作りたい。

ああ、でもそれじゃ俺が味見できないな……美味しいかどうか確認できないのは心配だから、やっぱり卵を使わないチーズケーキにしようかな。着色したバタークリームを薔薇の形に絞る技術を習得して、可能な限り綺麗に飾りつけたらいいんじゃないかな？　子供達が喜びそうなマジパン細工に挑戦するのもありかも——と考えながらノートの端にケーキの絵をカリカリと描いていると、少しずつテンションが上がってくる。

先々に楽しい予定があって、そこに向けてあれこれと考えながら暮らすのが、日常を生きることだと思った。八月の可畏の誕生日が終われば、ハロウィンやクリスマス、大晦日や正月があり、子供達が一歳を迎える誕生日がある。

次から次へと楽しみができて、その日を励みにしていけば、苦痛なことも頑張れるだろう。ゴールもハードルも、次々と現れるのが人生だ。竜人組織やツァーリの動きを警戒している今のこの状況を、特別だと思わなければ笑って生きていける。

「一号さん、何それ、ケーキ描いてんの？」

ユキナリが隣から身を寄せてきたので、潤は「可畏の誕生日のこと考えてたんだ」と小声で返した。

「可畏様の誕生日、八月なんですけど」

「うん、知ってる。でも今から考えたくなっちゃって」

「まさか、一号さん主導で学院を挙げて大々的なサプライズとか考えてるわけじゃないよね？　いくら王妃的立場だからってあんまり目立つことしないでよね」

「俺がそんなことやると思う？　付き合い長くなってきたからわかるだろ？　なんか、先々にある楽しい予定を考えてたら、直面してる不安とか薄まるかなって思ったんだ。誕生日に作るケーキの種類とか、子供達にどんなお遊戯してもらおうかなとか、あと飾りつけとか？」

「可畏様のお誕生日会は、僕達も参加するからね」

「あー二日間開催とか、昼と夜の部にするとかしようかな。どっちかは大勢で……というか、竜嵜グループで大々的なのやりそう」

「やるに決まってるじゃない。自分の旦那が何様かわかってんの?」

そういって露骨に呆れ顔をするユキナリに、潤は「うん、だったらこっちはなおさらアットホームでいこう」と笑顔で返す。

今は本当に、未来の楽しい予定だけを考えていたかった。

ユキナリから、「こんな状況で、よくそんな呑気でいられるね」と叱られるかと思ったが、そういった言葉は返ってこない。

それどころかペンをくるくると器用に回しながら、「うん、可畏様そういうの無縁だったと思うし、アットホームなのいいんじゃない?」と肯定された。

「家族四人、水入らずでいいってこと?」

「……は? そんなわけないでしょ。それもやりたいなら三日制にしてよ……って、そういう話じゃなくって。一号さんはさ、いくら心配したところで何もできないんだし、警戒しつつもポジティブオーラ振り撒いてくれないと困るんだよね」

「ポジティブオーラ……」

「皆が皆どよーんとしてると可畏様のストレスになっちゃうでしょ。どんな逆境でも折れずに順応して、周囲を巻き込みながらしぶとく生き延びるのが一号さんの唯一の長所だし」

「うん、ありがとう。唯一ではないと思うけど」

あえて意地悪く笑った潤に、ユキナリは「うわ自信家、ムカつく」と片眉を吊り上げる。

反対側の隣に座っていた三号が、「謙虚な態度を取られると、それはそれでムカつくんじゃないですか、二号さんは」と茶々を入れると、「なんなのもう、腹立つんですけどっ」と不貞腐れていた。

それぞれが日常を取り戻そうとして、少しぎごちなくも足並みを揃えているのを感じながら、潤はほっと息をつく。

相変わらず私語が多く、大講義室は絶えずざわついていたが、そろそろ講義に集中せねばとテキストに目を向けた。

「――っ、おい、なんだよあれ！」

窓際に座っていた学生が大声を上げ、次の瞬間、「えっ！」「うわっ！」と悲鳴が続く。

声は端から端まで波のように伝わり、大講義室に不穏な響動めきが広がった。

叫ぶ者がいる一方で、言葉を失って息を詰める者も大勢いて、そのうち何人かが同時に、「デカい……」と、恐怖心が纏わりついた言葉を漏らす。

恐竜に対してよく使われるありきたりな一言に、潤は嫌な予感を覚えた。

まさかとは思いつつも、特定の恐竜の姿をイメージする。忘れたくても忘れられない伝説の巨大恐竜の特徴として、誰もが最も先に挙げるのはその大きさだろう。

「一号さん、あれ……見て、あの影！」
ユキナリに肩を摑まれて揺さぶられた時にはもう、潤は窓の外を見ていた。
大講義室は講師を含めて潤以外は全員竜人で、それぞれが恐竜の影を持っている。
草食竜人ばかりの学部なので、超進化によって小型化した恐竜がほとんどだったが、中には
それなりに大きな影の持ち主もいた。
重なり合うグレーのシルエットの向こうに窓があり、六月の午後の明るい空と、竜泉(りゅうせん)学院
を取り囲む森が見える。
「――っ、あれは……」
丘陵の頂にある学院に向かって、超大型恐竜の影が迫っていた。
学院の位置からして、接近物が視認される時点では距離があるため、仮にどれだけ首が長く
大型の恐竜であろうと、さほど大きくは見えないのが普通だ。
しかしその影は違っていた。まだ距離があるにもかかわらず、すでに大きい。
異様なほど首が長く、明らかに竜脚類の体形でありながら、頭の大きな暴君竜よりもさらに
巨大な頭部を持っている。
「なんだよあれ、まさかディプロドクスじゃないよな⁉」
「ブラキオサウルスでもないし、あっ、棘(とげ)みたいなのがあるぞ！　ディクラエオサウルスの超
巨大化したやつか⁉」

「いや、むしろアマルガサウルスに近いような……いや、バロサウルスか⁉」

地響きを起こしそうな影は、実際には静かに学院に迫ってくる。

多くの学生が窓際に詰め寄る中、潤は呆然と立ったまま動けずにいた。

ユキナリと三号に挟まれた席で、思いだしたくない恐竜の名に囚われる。

――マークシムス・ウェネーヌム・サウルス！

世界のどこかで新しい恐竜の化石が発掘され、人間によって名づけられるたびに、竜人達はそれに合わせて名前を変える。

超大型でありながらも個体数が極めて少ないため、未だに発掘されていないマークシムス・ウェネーヌム・サウルスは、人間からは名をもらっていない伝説の有毒草食恐竜だ。

――どうして、ツァーリが自分でここに……っ、リュシアンさんから体を借りれば、恐竜の影は誰にも見えないはず。人間の振りができるのに！

いったい何が起きているのか、今見ているものは現実なのか、わからなくて、わかりたくもなくて――できることなら次の瞬間、はっと目が覚めてベッドの中にいたいと思った。

何も起こらなかった静かな日々は、わずか一週間。正確には六日間だけだ。

これからは日常に戻れると信じたかったのに、現実は甘くない。

「まさか、大毒竜……か？」

学生の一人がそう口にした途端、これまでにないほど大きな響動めきが起きる。

突然絶叫する者や、「逃げろ！」と叫ぶ者が現れ、その声に従って多くの学生が大講義室の外に飛びだして行った。

棘の生えた長い首を持つ竜脚類でありながら、超進化型の暴君竜よりも巨大な頭部を持ち、さながら大型船が動いているかのような不気味な影に、恐怖しない者など一人もいない。

マークシムス・ウェネーヌム・サウルスとしばらく一緒に暮らしていた潤でさえ、「こんな生物は存在しない、あり得ない」と、本能的に否定したくなるほどの大きさだった。

「一号さん、携帯が……っ、可畏様から！」

可畏から与えられた特殊端末が震え、マナーモードを無視する緊急の呼出音が鳴り響く。

ユキナリから「何モタモタしてんのっ⁉　早く出て！」と急かされたが、自分が思っている以上にパニック状態にあった潤は、端末を思うように操作することができなかった。

肘ごと震えて止まらず、押したいボタンの一センチ上を押すミスを繰り返す。

『潤、マークシムスが学院に迫ってる！　子供達を連れて迎えに行くから、そこを動くな！』

ようやく通話が可能になり、可畏の怒鳴り声が耳にびりびりと響いた。

大講義室から逃げだす学生が増えていく中で、潤は体の芯がスッと冷えるような、不思議な感覚を覚える。

耳に当てた端末からは、扉を開ける音や足音などが次々と届いて、こちらに劣らず向こうも騒がしいのがわかった。

非常事態だということがありありと伝わってくる一方で、可畏と繋がっている実感があり、それは確かな安心感を与えてくれる。

『潤！　聞こえてるのか⁉　そこで待ってろよ！』

『マーマ！　まっちろよ！』

『まっちちね！』

可畏に続いて慈雨と倖の声が聞こえてきて、潤は慌てて「うん、待ってる！」と返した。

心の中では疾うに返事をしていたので声に出した気になっていたが、実際には一言も返せていなかったらしい。

「可畏っ、俺は大丈夫だから……ユキナリや三号さんと一緒にいるし、マークシムスの影は、まだそんなに近くはない、から」

口にした言葉には少しだけ嘘があり、影はだいぶ近くまで来ている。

しかし幸いなことに、影の持ち主は徒歩で移動していた。

竜泉学院は丘陵の上に建っているため、通常、来校者はバスや車に乗って上がってくる。

敵が一気に上まで来られないよう、車道は細く蛇行していて、徒歩で上がる場合は、比較的うねりの少ない道を選んで上がることが可能だった。

窓から見える巨大恐竜の影は向きがほとんど変わらず、歩道を徒歩で上がっているのが目に見えてわかる。

「可畏、あれは、やっぱりツァーリなのかな?」

『他にもマークシムスが生きてたら最悪だな!』

「うん……知ってる相手のが、まだマシだよな」

くだらない質問をしたことを反省しながら、潤はユキナリ達と一緒に窓際に向かった。

大講義室を埋めていた学生の大半はすでに避難しており、わずかに残っているのは好奇心が旺盛な変わり者ばかりだ。

窓にへばりついて、「凄い、伝説の大毒竜だ!」「いや、大毒竜の王だから毒竜王だろ!」「違うっ、皇帝竜と呼ぶべきだ!」と、恐竜博物館に来た少年並みに興奮している。

存在自体が伝説とされてきた恐竜の影をもっと見たくて、相手が有毒恐竜であることや、毒殺を得意とする恐ろしい竜人組織のトップであることなど頭から飛んでいるようだった。

『潤っ、変わりないか!? 大学部の校舎一階まで来たぞ!』

「だ、大丈夫! 何も変わってないし、影も少し近づいてきてる程度だから、大丈夫」

可畏は息を切らしてはいなかったが、廊下を走り、階段を何段も飛ばして駆け上がっている様子だった。

端末を通して、荒々しい物音や風を切る音が聞こえてくる。

そこに加わるのは、『退け! 可畏様が通られる!』『さっさと道を開けろ!』と、声を張り上げて露払いをするヴェロキラプトル竜人、辻らの声だった。

慈雨と倖の奇声のような声も聞こえてくるものの、『パーパ！』以外は何をいっているのかわからない。少なくとも泣いてはいないようで、可畏にしっかりと摑まる姿が想像できた。

「可畏！」

大講義室のドア側から暴君竜の影が見え、その直後に可畏が飛び込んでくる。

慈雨と倖は潤が思い描いていた以上に可畏と密着していて、左右の腕で、半ば背負うように抱え込まれていた。

おかげで潤の位置からは子供達の後ろ姿しか見えない。

トレーニングパンツで膨らんだ尻と、むっちりとした足のみといってもいいくらいだ。

「慈雨、倖！」

「マーマ！　ジーウきたおぉ！」

無理な姿勢で振り向こうとして暴れる慈雨と、振り向きたくても我慢してもじもじしている倖に、潤は勢いよく飛びつく。

柔らかな慈雨と倖の体と、鋼のように硬い可畏の筋肉。それらに触れることで、異常に張り詰めていた神経が正常化した。通話によって繋がりを感じていたので不安は薄かったものの、触れ合って初めて本当に安心できる。

「潤、奴を学院に入れたくない。正門の前まで行くぞ」

「う、うん。子供達も一緒に？」

「いや、子供達は内側で待機させる。奴がどういうつもりか知らねえが、狙いはお前だろう」

「……学院に踏み込ませないためには、俺が外に出た方がいいってことだな？」

「ああ、攫う気なら本人が来るとは思えない。目的は話し合いだ」

可畏は憮然(ぶぜん)とした顔でいうと、「さっさと用件を聞いて追い返した方がいい」と続けた。

ツァーリと潤を会わせたくないという個人的感情が可畏にはあるはずだが、影を見せながらゆっくりと近づいてくるツァーリが、奇襲攻撃をかけてくるとは考えにくい。

それを冷静に見極めたうえで、竜王として取るべき最善の方法を選んだ可畏に、潤は大きく頷(うなず)いた。

正門の内側で慈雨と倖を生餌達に託した可畏は、ヴェロキラプトル竜人四人に潤を囲ませる形で外に出る。

セキュリティ強化工事により、以前よりも高く厚くなった金属製の正門は、潤の背後で堅く閉ざされた。

一般の学生や生徒はツァーリがどういう人物か知らないため、恐れ戦(おのの)いて裏門側に避難していたが、それはおそらく無意味な行動だろう。冷静に考えれば、人間社会で目立つことを嫌う竜人組織フヴォーストのトップが、この場で変容して何か仕掛けてくるなどあり得ない話だ。

いくらここが緑深い丘の上とはいえ、マークシムス・ウェネーヌム・サウルスが変容すれば、間違いなく人間に目撃され、動画や写真をネットに拡散される。

まずはマスコミと警察が動き、すぐに自衛隊が出動して世界的なニュースになるだろう。

人類がどういう選択をするにしても、竜人が生きやすい世界になるとは思えなかった。

恐竜に変容できるという特徴を除いて考えても、竜人には利用価値があり過ぎる。

交通事故で頭が割れ、あちこちの骨が砕けても傷痕一つ残さず完治させた経験がある潤には、竜人の遺伝子に群がる人間の姿が想像できた。

互いに尊重し合い、節度を持って医療にのみ利用されるならよいが、それだけでは終わらず、竜人達が人権を侵害されたり、人間同士の新たな戦争の火種になったりと、ろくなことにならないのは目に見えている。

「可畏……ツァーリの影が、校内に……」

本能的に鳥肌が立つほど大きなマークシムス・ウェネーヌム・サウルスの影は、本人よりもだいぶ早く正門前に到達した。

頭と長い首が正門を乗り越えると、どうしても子供達のことを考えずにはいられない。

単なる影に何ができるわけでもないのだが、今頃、子供達は空を見上げて目を丸くしていることだろう。

「あ……他の、恐竜も」

ようやく人の姿が見えると同時に、追随する竜人の影も見えてきた。

薄いグレーの影が重なっているためよくわからなかったが、少なくとも六体いて、そのうち二体は明らかに肉食恐竜の顔をしている。

残る四体は、ペリカンによく似た長い顔を持っていた。

恐竜というよりは鳥類に近い種だと、遠目でもすぐに判別できる。

「後ろにいる四体って、翼竜だよな？」

「ああ、ケツァルコアトルスだ。それとアルバートサウルスが二体」

可畏は潤より早く見極めていて、動じることなく答えた。

そうして潤や辻らの数歩前に立ち、やや大きく息を吸い込む。

——アルバートサウルスはティラノを小型化したみたいなやつで、確か……超進化後も巨大化しなかった恐竜だ。高い木に囲まれたこの辺りなら、変容して戦えなくもないよな？

人間の目を気にしなければならない場所では、簡単に変容できない大型種より、変容できる程度の中型種や小型種の方がある意味では強いガードになる。

ケツァルコアトルスは翼竜で、翼竜王と呼ばれるリアムほど高い飛行能力はないとしても、四体いればいざという時にツァーリの体を空に逃がせるだろう。

地上で恐竜化するわけにはいかないツァーリを守るために、ボディーガードとして選ばれた六人の竜人——潤はそう判断し、可畏もまた同じように捉えている様子だった。

「潤、なりそこないもいるぞ。リュシアン・カーニュ、ニコライ・コトフ、他は俺の知らない顔が二人」

「──っ、あ……」

潤の視力では正確な人数がわからなかったが、いわれてみると確かに、七人以上いるように見えた。

やがて距離が詰まり、木漏れ日に照らされながら歩いてくる男達の人数が、七体の恐竜の影よりも多い、総勢十一人だとわかる。

潤の目でも、服装や髪形まで見えるようになった。

リュシアンはシンプルなセットアップ姿でサングラスをかけ、長いブロンドを後ろで一つに束ねていたが、類い稀なスタイルと歩き方で目立っている。

しかし彼以上に独特な空気を放つのは、やはりツァーリだった。

恐竜の影は、どれが誰のものかわからないほど重なり合っているのに、先入観などなくても格の違いがわかる。

三つ揃いのスーツを着た彼は、草食恐竜でありながらも、肉食恐竜を当然のように従える、皇帝の貫禄を持っていた。

暴君竜の可畏に匹敵する見事な筋骨と、透けるような白い肌、わずかに紫色を帯びた銀色の髪の麗人が、傾斜面から平地に上がってくる。

彼が正門前のコンコースに差しかかると、可畏も潤もヴェロキラプトル竜人四人も含めて、全員がマークシムス・ウェネーヌム・サウルスの影に呑（の）み込まれた。

世界最大、最長、最重であり、その毒性を生かして陸棲（りくせい）恐竜の頂点に君臨する伝説の恐竜が、遂（つい）にやって来たのだ。

——自分の目で見てるのに、信じられない……この人が、あの氷窟から出て地上を歩いてるなんて、こんな……日の当たる場所で、土や緑や風に囲まれてるなんて、嘘みたいだ。

前後二列に分かれてずらりと並んだ十一人が、可畏の数歩前で足を止める。

ツァーリは中央に立っていたが、その視線は可畏ではなく潤に向かっていた。

否応なく目が合うと、首や胸に氷柱（つらら）の先を突き立てられたような痛みを感じる。

いくら暖めてもらっても氷と縁が切れないエリダラーダで味わった、絶望の日々——可愛い我が子の存在を夢だと思い込まされた苦悩と怒りが、生々しく蘇（よみがえ）ってくる。

同時に思いだすのは、洗脳が解けたあとに嘗（な）めさせられた辛酸の日々だ。

好きでもない男を可畏のように扱い、性的な奉仕をして身を守るしかなかった。

しかし、ツァーリのことが憎くてたまらないかといえば、それは少し違っていて、自分自身愚かだと思うが、彼に同情してしまう部分もあった。

ツァーリがリトロナクスの双子（ふたご）のように暴力的であったなら、すべてを悪い記憶として切り捨てられたかもしれない。おそらくその方が、後腐れがなくて楽だった。

――罪を憎んで人を憎まずじゃないけど、そういう感じがあって……やられたことは絶対に許せないと思う一方で、この人自身を激しく憎んでるわけじゃない。いつも思いやりを持って誠実に接してくれて……何より、可畏だけを氷上に飛ばして俺を監禁し続けることも、何度も洗脳することもできたのに、そうせずに元の生活に戻してくれた。そんなことに感謝するのはおかしいってわかってるけど……どうしたってありがたいと思ってしまう。だからこそ俺は、もう二度と会いたくなかった。

視線を繋げているのがつらくて、潤はぷいと顔を背ける。戦闘目的でないことは察しがつくものの、如何なる用件であれ、彼を歓迎できない気持ちに変わりはなかった。

「御機嫌よう。突然で驚かせてしまっただろう、申し訳ない。今日は、可畏と潤、それぞれに話があって出向いた次第だ」

ツァーリは流暢な日本語を話し、比類なく気高い微笑を浮かべる。

可畏のようにわかりやすい威圧感ではないが、彼も他を圧倒する独特な雰囲気を持っていて、初めて対面したヴェロキラプトル竜人四人はジリッと後ずさった。

「穴蔵から出て姿を晒してまで、俺達になんの用だ？　あそこから出たら、襲撃される危険があることくらいわかってんだろ？」

人の姿で地上に出ることがどれほど危険か、それについて触れずにはいられなかった可畏の驚きが、潤には手に取るようにわかる。

エリダラーダにいれば無敵ともいえる力を揮えるツァーリだが、こうして外に出てしまえば、人の姿で暗殺される危険があるからだ。

竜人占有の島ならともかく、変容できない街中は非常に危険といえるだろう。

辻らヴェロキラプトル竜人は、今すぐ変容してツァーリに襲いかかることができるが、彼は変容して反撃するわけにはいかない。

当然、特殊能力を使えなければ不利になる。

「エリダラーダから出るわけにはいかないと、誰よりもそう思っていたのは私自身だ。出たら生きていけないとまで思っていた。だが、あそこから出なければ私が私として潤に会うことはできないと思うと、それまでなかった勇気を持てた」

しみじみと語ったツァーリは、「今日は君達に、お詫びと挨拶にきたんだ」と続ける。

「詫びを入れられる心当たりはあるが、挨拶は要らねえ」

「可畏、そう邪険にしないでくれ。リュシアンが会見をしたことで……私がまたリュシアンの体を使い、影を背負わずに接近してくるのではと、不安な思いをさせてしまったことだろう。挨拶が遅れて申し訳なく思うが、私はこの通り、潤に会いたい時は自分の体で来る。もちろん不当に攫ったり毒を使ったりする気もない。この先、君達が過剰に警戒する必要はないということだ」

このままずっと聞いていたくなるような美しい声で、ツァーリは潤の心を激しく乱す。

声がどんなに綺麗でも、話している内容は悪いともよいともいい切れないものだった。

ツァーリ本人が巨大な影を背負って動いてくれることや、不当な手段を使わないと明言してくれていることはありがたいが、これからも自分に会う気でいるのは最悪だ。

まるでジェットコースターに乗せられたような心が、終点に辿り着けないまま中空に放りだされる。

「用件はそれだけか？　何か勘違いしてるようだが、アンタがどんな手段を取ろうと、他人の妻に会う行為に正当性は認められない。如何なる方法でもすべて不当だ。アンタは竜人組織のトップかもしれねえが、人のオンナに手を出す権利はない」

可畏から妻だのオンナだのといわれた潤は、最早どんな呼び方でも構わないと思い、可畏の言葉に黙って頷いた。

可畏の発言は常識的で、人間社会でも、パートナーがいる人に他人が恋愛感情を抱くのは非常識な行為といえる。胸の内の密やかな想いだけならまだしも、関係を深めるために接触し、円満な家庭に水をさすのはタブーだ。

「可畏、君は人間社会に適応し過ぎているようだ。我々の社会では、強者は何もかも奪い取ることができる。他人の妻も子も然り。私は草食竜人ではあるが、君より弱いつもりはないよ」

彼は優雅に微笑みながら、潤の血を凍らせる。

その静かなる挑発に、可畏は黙したまま乗らなかった。

エリダラーダでの戦いは互角に終わり、ツァーリの判断で可畏の勝利ということになったが、あくまでも暫定の結果だ。ツァーリにはバイカル湖の氷上に敵を転移させる奥の手があるため、エリダラーダが戦場になった場合、可畏がツァーリに勝てる見込みは低いだろう。

地上で戦った場合の結果は、やってみなければわからないといったところだろうか。

「挨拶ってのは、宣戦布告のことか？」

「いや、そういうことではない。潤に嫌われ、憎まれてもいいと割り切れるなら再戦して白黒つけたいところだが、生憎そうもいかない。私は負けたまま終わることになりそうだ。強者になって、君から強引に潤を奪うことはできない」

一度は凍った潤の血は、ツァーリの言葉に溶かされて、心臓から指先に至るまでドクドクと脈打ち始める。

ツァーリの来校の意味がわからないまま、今は黙って次の言葉を待つしかなかった。

「潤、君には……君らしく伸び伸びと暮らしてほしいと思っている。何に怯えることもなく、いつも笑顔でいてほしい」

短期間とはいえ潤の笑顔を姑息な手段で引き剝がした男の台詞に、めらりと燃え立つ怒りがあった。それは可畏も同じで、「白々しい、誰のせいで潤が苦しんだと思ってるんだ。自分のやったことがわかってねえのか」と凄む。

潤の喉まで上がっていた言葉と、ほとんど変わらなかった。

可畏が同じ怒りを燃やしてツァーリにぶつけてくれたことで、潤の溜飲は少しだけ下がる。

「悪いことをしたと思い、後悔している。しかし、だから諦められるかといえば、それはまた別の話だ。今日は私から潤への愛の証として、これを届けにきた」

夫に等しいパートナーの可畏が目の前にいるにもかかわらず、ツァーリは至極当然のように潤を諦めないと宣言した。

そんなツァーリに、側近のニコライ・コトフが何かを手渡す。

正方形に近い箱を両手で大切そうに持ったツァーリは、「本当は直接渡したいが」と、潤を見ながら残念そうに首を傾げた。

「それは可畏が許してくれないだろう。私はここから動かないので、リュシアンが潤に手渡すことを許してほしい。君達も知っての通り、リュシアンの能力は攻撃に適したものではない。今から潤に近づくが、心配しないでくれ」

「潤に何を渡す気だ」

「見せる前に、まず説明するべきかな？」

凄む可畏の問いを受けながらも、ツァーリは潤に熱い眼差しを向ける。

いつの間にか紫の目に囚われていた潤は、再び顔を背けることができず、ツァーリが両手で包み込んでいる箱の中身にも気を取られていた。エリダラーダには金銀財宝が山ほどあったが、彼がそういった物で気を引こうとする男でないことはわかっている。

「潤、君に贈るのは腕時計だ」

「――ッ」

距離があってもよく通る声で、ツァーリは「腕時計」と確かにいった。

その瞬間、可畏が大きく反応する。

潤が可畏から初めてもらったプレゼントも、誕生日にもらったプレゼントも腕時計で、今も左腕に新しい物を嵌めていた。ツァーリが潤に腕時計を贈れば可畏が不快感を示すのは当たり前だが、今の反応はそんなレベルのものではない。

「まさか、それは……」

可畏は唸るように低い声を漏らし、潤を囲んでいた辻らも声を揃えた。

四人が四人、「まさか」と同じことを耳元でいうので、潤はわけもわからずびくりとする。

「私から君への、変わらぬ愛の証だ。君は人間でありながらハイブリッドを生みだせる希少な存在。フヴォーストが保護する理由が十分にある」

ツァーリが話している間に、リュシアンが箱を持って潤の前までやってきた。

可畏は睨むだけで止めはしなかったが、それはおそらくツァーリに背を向けるわけにはいかないからで、本当は阻止したい気持ちが伝わってくる。

「どうぞ、これは貴方の物です。箱は革製に見えますが本革ではなく、精巧なフェイクなので安心してください」

リュシアンは潤の目の前で腕時計の箱を開き、中に収められていた品を見せてくる。

潤は反射的に動きそうになる右手を制して、触れずに見るだけに留めた。

仰々しく差しだされた腕時計はウォールナットに似た色の木で出来ていて、文字盤は琥珀を加工した物に見える。箱の内側が鏡になっているため裏側も概ね見えたが、肌に触れる部分に金属は使われていないようだった。

時計の針や竜頭は黄金で統一されているが、貴石が使われていないため、華美な印象は受けない。どちらかといえば機能性が高くシンプルで、それでいて個性のあるデザインだ。

「これ、どこかで見たような」

一度見たら忘れそうにない腕時計に、潤は既視感を覚えた。

確かに見たことがある。どこで見たんだろう。雑誌やテレビじゃなく、誰かが着けてるのを実際に見たような——そんな気がして記憶を辿る潤の耳に、可畏の声が飛び込んでくる。

「絶対不可侵権」

恐ろしく低い声で、可畏はそういった。

「……え、ぁ……っ、そうだ、これ、オジサンのと似てる！」

「私がクリスチャン・ドレイク博士に授けた物と同じ腕時計だ。竜人の目で見ると、文字盤にフヴォーストの紋章が浮かび上がる加工が施してある。身に着けていなくても権利は有効だが、着けていればより安全性が高くなる」

「――権利って……まさか、俺に……絶対不可侵権を？」

そういうことなのだと、半ば理解しながらも体が震えて、差しだされた腕時計に手を伸ばせなかった。

リュシアンは早く受け取れといいたげな顔で見下ろしてくるが、怯む潤の体は前には動かず、足が後ろに退きそうになる。

絶対不可侵権は、世界中のどこに行っても、誰の支配地域に足を踏み入れても、決して襲撃されない夢のような権利だ。

多くの竜人が……特に、草食恐竜などの弱者が、喉から手が出るほど欲しいであろう特別な権利の象徴が、今目の前にある。

「クリスチャン・ドレイク博士は、竜人の未来を担う天才研究者だからね……保護するだけの価値が十二分にある。君も同じく、手厚く保護したいんだ。この先、誰も君を傷つけたり君を攫ったりできないように、手出し無用の絶対不可侵権を授け、君を守りたい」

「守りたいって……そんなことといって、また俺を閉じ込める気じゃ」

「いや、エリダラーダに来てほしいなどとはいわない。いえるものならいいたいが、今は君の安全のみを願おう。絶対不可侵権を得ても、君の生活は何も変わらないんだ。可畏と子供達と一緒に、好きな場所で暮らせばいい」

夢のような話が次々と押し寄せてきて、潤は酷く混乱する。

リュシアンの会見を見てからツァーリが来ることを恐れていたので、今この瞬間も悪い夢を見ているのかと思った。

悪いどころかよ過ぎる夢だが、糠喜びさせられるなら結局は悪い夢だ。

「そんなことして、貴方になんのメリットがあるんですか？」

「メリット？　それはいうまでもないだろう。君は私の他にも、可畏の母親や兄、キメラ翼竜、スピノサウルスを始めとする水竜人や、リトロナクスの双子にも襲われた経験があるはずだ。今後も誰が何を企てるかわからない。常に危険が付きまとう立場にあった君が、これから先、必要以上に警戒することなく安心して暮らせるなら、私はそれだけで幸せなんだよ。それに、君に『憎まれてはいない』という段階から、少し上に行きたい下心もある」

嘘をついているとは思えないツァーリの発言に、潤は現実を信じたくなる。

かつて味わった恐怖を一つ一つ挙げられることで、潤が思いだすのは可畏の姿だった。

恐ろしい敵の姿よりも、その時々の傷ついた可畏の姿が、鮮血の色と共に浮かび上がる。

もう二度とあんな目に遭わせたくないと、どれだけ願っても願い足りない。

潤が立ち会っていない場面でも戦いはあり、自分が把握している以上に可畏は傷ついてきたはずだ。

今無事な姿で生きているのは、可畏の強さだけではなく幸運あってのことで、この先も運が続くかどうかはわからない。

可畏が暴君竜として生まれた以上、戦いに身を置くのは運命なのかもしれないが、潤が絶対不可侵権を持っていれば、避けられる戦いもある。

――少なくとも、俺のために双竜王に平伏すような真似は……しなくて済んだ。俺が何度も攫われたせいで、可畏は身も心もボロボロになって、プライドを傷つけられてきた。首を切り落とされる破目になって、戦いが終わったあとまで苦しんだこともある。あれは……誇り高い竜王としての、真っ当な戦いじゃなかった。

俺さえいなければ、俺が可畏の元から去っていればこんなことには……と、うだうだと自己嫌悪に陥るほどネガティブな性格ではなく、潤は可畏にとって自分が絶対に必要な人間であることをよくわかっている。

子供の存在とは無関係に、可畏の前から去る気などまったくなかった。

ただ、できることなら足手纏(あしでまと)いになりたくない。

これからも可畏と一緒にいたいからこそ、力が欲しい。

竜人と戦う力は得られないが、危険を回避する権利が得られるなら、それが欲しい。

誰から与えられるものであっても構わない。交換条件はないのだから、受け取らないという選択肢はなかった。

「受け取るな」

可畏の声が、鉄の矢の如(ごと)く飛んでくる。

わずかに動いた潤の右手に刺さり、重たい鎖に変化して絡みついた。

上がりかけた手は再び下がり、指先すら動かせなくなる。

「可畏……」

「なんていわれたかわかってんのか、『変わらぬ愛の証だ』と、そういわれたんだぞ。そんな物、まさか受け取る気じゃねえだろうな」

「――ッ」

可畏にいわれるまで、潤の頭からはツァーリが口にした言葉の一部が飛んでいた。

腕時計の有用性に気が行ってしまい、それに籠められたツァーリの気持ちを、深く考えられなかった。

それはつまり、受け取った場合の可畏の気持ちも考えていないことになる。

――そうだ……受け取れるわけ、ないんだった。いくら交換条件を出されなくても、愛の証なんていわれたら……突っ撥ねるしかない。

それがどんなに魅力的な物でも、毅然とした態度で断らなくてはならない。

ここでもし受け取ってしまったら、可畏の面子を著しく穢すことになる。

「潤、可畏の言葉を気にする必要はないよ。竜人保全管理組織フヴォーストは、沢木潤という、人間を超越した一人の半竜人に対して絶対不可侵を与えたいといっているのであって、たとえ夫に近い存在であっても可畏は無関係だ。君の安全が守られることにより、君の家族は不要な争いに巻き込まれずに済み、暮らしやすくなるが、そうだとしても無関係なんだよ。これから先の家族の安全を手に入れるか否か、それは君が独りで判断すべきことだ」

　まるで妙(たえ)なる調べのような美声で、ツァーリは誘惑を仕掛けてくる。

　蜂蜜よりも甘い金色(こんじき)の蜜に溺れ、そのまま流されてしまいそうだった。

　彼の言葉通り、自分が手出し無用の絶対不可侵権を得れば、可畏や子供達がトラブルに巻き込まれる危険性が下がる。

　可畏がこれまで神経を擦り減らし、深い痛手を負い、屈辱的な目に遭ったのも、慈雨や倖が淋しい日々に耐えなければならなかったのも、ほとんど全部が自分絡みだ。

「潤！　やめろ、口車に乗せられるな！」

　可畏は言葉では止めたが、駆け寄ってきたりはしなかった。

　潤の選択を信じているからだろう。まさか裏切ることはないと、心から信じているからこそ、言葉で正気に返らせようとしているに違いない。

　――確かに裏切りかもしれない。正気の沙汰じゃないかもしれないけど、でも……ここは、割り切るべきなんじゃないか？　可畏の気持ちやプライドを尊重して断って……それでもし、どんなに気をつけてても抗(あらが)えない形で誰かに誘拐されたら、俺はきっと後悔する。「あの時、やっぱりもらっておけばよかった。あれさえあれば安心だったのに」って、きっと後悔すると思うんだ。

自分がもっと気をつけていれば避けられた出来事もあったけれど、どうにもならないこともあった。

竜人の卵を宿し、ハイブリッドベビーを産める特殊な人間——などと誤解され、今後もまた思いがけないトラブルに巻き込まれるかもしれない。

「可畏、ごめん」

酷いことをしている自覚はあった。

選りによって腕時計という形の物を、可畏以外の男からもらいたくない。

そんな物、もらえるわけがないと思うけれど、潤には気持ちよりも優先したいものがある。

恋も愛もプライドも幸せも、生きていてこそのものだ。綺麗事で家族を守れるわけじゃない。

恰好つけて命綱を手放すような愚かな真似は、自分には無理だ。到底できない。

「潤……ッ！」

「受け取ります。交換条件なしで、絶対不可侵権が欲しいです」

右手だけではなく全身に絡みつくような可畏の鎖を、潤は己の意志で断ち切った。

腹を括れば、そう難しいことではなかった。

少し離れた所に立っている可畏も、潤を囲むヴェロキラプトル竜人の辻ら四人も、誰も潤の手を摑んだりはしない。物理的には自由なままだ。

肘から先が少し震えたが、リュシアンが差しだす時計の箱に触れることができる。

すぐに左手も動いて、両手でそっと挟むように持ち上げた。

自分は確かに、時計を受け取ったのだ。

これでもう、誰にも手を出されず、可畏や子供達を巻き込まずに済む。

「可畏、本当にごめん。俺は……可畏に嫌な思いをさせるとしても、自分のせいで可畏が死にかけたりするのを見たくないんだ。可畏と子供達と、もっと安全に、暮らしていきたいんだ」

時計の箱の蓋を閉じ、潤は俯（うつむ）いて唇を戦慄（わなな）かせる。

間違ったことをしたとは思っていない。

正しくないかもしれないが、自分の選択が最善だったと信じ、後悔はしていない。

そのくせ顔を上げられなかったのは、たぶん怖かったからだ。落胆させるのを承知のうえで選択した一方で、可畏のそういう顔を目にする覚悟はまだできていなかった。

「潤、私の愛の証を、受け取ってくれてありがとう」

ほとんど項垂（うなだ）れていた潤の耳に、よく通るツァーリの声が届く。

潤と可畏の間に流れる陰鬱とした空気とは裏腹に、彼の声は喜びに彩られていた。

「いや……俺はそういうつもりで受け取ったわけじゃないんで。これはあくまでも、かぞ……俺自身の安全のためなんで。もう二度と貴方みたいな人に好き勝手されないよう、ただ単に、魔除けとして受け取るだけですから」

家族の安全のため――と本音を口にしかけた潤は、慌てて言葉を変えた。

可畏の立場で考えれば、自身と子供の安全を他人に守ってほしくはないはずだ。

潤の安全が他者に守られることすら屈辱だということを、忘れてはいけないと思った。

「ニコライ、すべての王に通達を」

ツァーリは潤の発言に構わず、横に控える部下に命じた。

表向きはリュシアンのマネージャーとして働いている、黒髪に銀フレームの眼鏡のロシア人、ニコライ・コトフが、「御意」と、日本人でも使わない仰々しい返事をする。

敬愛する主の意向が通ったことを歓迎している様子で、通信機を速やかに操作した。

――この腕時計を嵌めて、それを印籠みたいに使うってわけじゃなくて、通達されるんだ。きっと写真とか個人情報とか一緒に、この人物には手を出すなって……。

それを望んだはずなのに、具体的に考えると足が竦んだ。

暴君竜、竜嵜可畏の恋人の沢木潤――として、元々自分のことを知っている竜人達に通達が行く分には構わないが、これまで興味を持っていなかった竜人にまで情報が流れるのだ。

「追って書面でも通達することになる。これでもう、君に手を出す竜人やサバーカはいない。これからは幸福な日々を満喫して、笑顔を絶やさずに暮らしてほしい。しばらく窮屈な思いをさせてしまい、本当に悪かった」

潤の前から立ち去ったリュシアンを迎え、ツァーリは神妙な顔で謝罪の言葉を口にする。

多少距離があっても、潤には彼の表情がよく見えた。

謝罪の気持ちがあるのは嘘ではないと思うが、それ以上に彼は満ち足りていて、今まさに彼自身が口にした通り、幸福を満喫しているように見える。

「潤、エリダラーダで別れた時以上に、君を愛しているよ」

真正面に立っている可畏に構わず、ツァーリは潤に向かって最悪の言葉を残す。

そして可畏には、「お騒がせしたね」とだけいって踵を返した。

その背中や両脇を守るように、なりそこない四人と、ケツァルコアトルス四体、アルバートサウルス二体が隊列を組むように等間隔で並びながら去っていく。

生存不明だったマークシムス・ウェネーヌム・サウルスが、こうして地上に出てくるということがどれだけ大きな意味を持つのか、潤にも少しだけわかった気がした。

――ツァーリは、エリダラーダから出られない身だって、そういってたんだ。変容するのが現実的じゃない場所に出たら、人の姿のまま暗殺される危険がある。フヴォースト自体がそうやってたくさんの反逆者を始末してきたから……やられる側になることを想定せずにはいられないんだ。ツァーリは人型でも毒を使えるし、そう簡単にはやられないだろうけど……。

腕時計の箱を胸に抱えながら、潤は一行を見送る。

彼らの姿が見えなくなっても、マークシムス・ウェネーヌム・サウルスの影は残った。

根元は太く先端は細い、竜脚類らしい長い尾に、鋭利な棘が生えているのが見て取れる。

それもただの棘ではなく、神経を麻痺させる猛毒を含んだ棘だ。

――こんな巨大な影を背負って地上に姿を見せるって、相当な覚悟が要るんだろうけど……

それが愛情表現の一つだとしても俺は全然嬉しくないし、ひたすら迷惑だ。もしもツァーリが暗殺されて、事実上の組織壊滅なんてことになったら、絶対不可侵権も無効だよな？

下を向いたまま考え事をしていた潤は、それでも視界の端に入る可畏を意識する。

顔を見るのが怖かったが、いつまでもこうしているわけにはいかない。

不愉快な目に遭わせた自覚はあり、対峙するのは勇気が要った。

家族の未来のために、最も安全な選択をしたとは思う。

それは間違いないと思っているが、だからといって堂々と胸を張れるような選択ではない。

申し訳ない気持ちに押し潰されて頭が重く、悪いことをして叱られた子供のように首を垂れ、俯くばかりになってしまう。

――駄目だ……顔、上げられない。

立ち尽くしていると、「潤様、大丈夫ですか？」と耳元で囁かれる。

心配そうに声をかけてくれたのは、ヴェロキラプトル竜人の辻だった。

そうして気遣われることで、ふっと重しが取れたように体が動く。「大丈夫。ありがとう」と返すこともできた。自分がしたことを可畏側の誰かに認めてほしかった潤にとって、普段と変わらない辻の態度は救いになる。

「門を開けろ」

落ち着いたのは一瞬で、低く放たれた可畏の声が空気を変えた。

潤も辻らもびくっと震え、見えない圧に怯む。

可畏はすでに動きだしていて、こちらに向かってきていた。

顔を見るまでもなく、声だけで苛烈な怒りが伝わってくる。

「可畏……」

正門が大急ぎで開けられる中、潤が目にしたのは可畏の横顔だった。

一瞥すらせずに自分の前を通り過ぎて行く彼は、声をかけても足を止めない。

見えても聞こえてもいないかのように素通りして、そのまま背中を向けた。

門が開いて通れる隙間ができるなり、さっさと向こう側に行ってしまう。

「パーパ！」

潤はもう一度「可畏」と呼んだが、子供達の元気な声に掻き消された。

可畏の反対を押し切って腕時計を受け取ったことの正当性を訴えようにも、罪悪感が強くて弱々しくなってしまう潤と、褒められる気満々の子供達の声では勢いがまったく違う。

「パーパ、あのね、おっきーのめーたのよ！」と大興奮していた。

慈雨も倖も生餌達の手から可畏の懐に移り、「きょおゆねっ、おっきねー！　こーんなの！」

「れもね、ジーウいいこちてたの！」

「コーもね、にごたんとちゃごたんが『シー』ゆってね、ジーくんとシーちたの！」

巨大恐竜の影を見て驚きながらも、二号らに指示されるまま静かにしていたらしい子供達は、特別なミッションを成し遂げた誇りに満ちている。

慈雨と倖の一点の曇りもないキラキラした眩しさと比べ、独り闇落ちした気分になった潤は、なんとか自分を奮い立たせた。

闇の底から這い上がらんばかりに可畏の背中を追い、指先を伸ばす。

「可畏……っ」

ティラノサウルス・レックスの影に呑み込まれ、あと少しで手が届きそうな位置まで来て、名前を呼んだ。

それでも可畏は振り返らず、可畏に抱かれた子供達だけが「マーマ、きょおゆ、めーた!?」

「コーね、びーっくりちたのね！」と、無邪気に声をかけてくれる。

それに応じようにも潤の足は縺れて可畏について行けず、ぐんぐん距離を離された。

左右の肩越しに愛くるしい顔を見ても、今は本気で笑えない。

笑いかけなきゃと思えば思うほど顔は強張り、遂には「可畏！」と怒鳴ってしまった。

そうしてようやく足を止めさせ、ほんの少しだけ振り向かせることができる。

「話しかけるな、お前を殴りたくない」

「――ッ」

放たれた言葉は、それ自体が暴力のようだった。

拳で殴られたのと変わらず、頭部を強い痛みが襲う。

記憶の中にある衝撃が蘇り、潤は反射的に目を細めた。

向けられたのは一言だけだったが、襲いくる衝撃は一度では済まない。

連続して酷く殴られ、脳が揺さぶられた気さえした。

あまりの痛さに、こめかみと眉間が痙攣を起こす。

——可畏……なんで、そこまで……。

目の前にある顔は、子供達の手前、必死に作られた無表情だ。

薄い仮面の如く、その下に隠された般若の形相が透けている。

何も気づかず興奮冷めやらぬ子供達が、「あのね、おくびがねー、うーんとながーいの！」

「いっぱいね、とげとげらったのよ！　しゅごーいの！」と、マークシムス・ウェネーヌム・サウルスの特徴を説明しようとして両手を振り回すので、潤は無理やり口角を上げた。

微笑むつもりだったが、不自然に歪むばかりになってしまう。

「マーマ？　きょおゆ、こわーの？」

「マーマ、いちゃいの？　コー、なでなですゆ？」

潤の異変に気づいた子供達の笑顔は、穴の開いた風船のように萎んでいく。

そんな顔を見ていると余計につらくて、自分が途轍もない過ちを犯したのかと思った。

あまりにも浅慮だったのだろうか、軽蔑されてしまったのだろうか、そうだとしたら一刻も早く謝るべきだ、と反省しかけたが、可畏の視線に晒されていると、なんだかもやもやと胸の底が淀んでいく。

その淀みから少しずつ浮かび上がって存在感を示すのは、反骨心に近い自我だった。

「可畏……俺、そんなに悪いことしたのか？ 可畏のプライドを傷つけたのはわかってるけど、無駄なことをしたわけじゃない。やっぱり何よりも大事なのは命だと思うし、愛の証とか口で何をいったところで、これといった交換条件もなく絶対不可侵権を得たんだ。こんなチャンス、乗らない手はないと思う」

あの時、何も考えずに腕時計を手にしたわけじゃない。

竜人である可畏には竜人ならではの生き方や考え方があるだろうが、人間である自分はまず何よりも命を優先し、安全に生きていくことが大切だと考える。

人間の中にも、それ以外の何かを優先する人はいるだろう。

それぞれの美学や考えがあり、種族では括れないものがあるが、少なくとも自分にとってはこれが正しい選択なのだ。

家族の命が最優先。その考えは確立していて、可畏に無視されても睨まれても覆せない。

やはり反省などできなかった。間違っていると思えないのだから、謝りようがない。

「ああ、そうだな。お前は理性的で賢く、賢明な選択をしたんだろうな」

「可畏……」

「わずか三ヵ月とはいえ、俺より先に生まれただけのことはある。くだらねえプライドで腹を立てるガキみてえな俺より、余程大人で御立派だ」

「可畏っ、なんでそういう」

「本心からいってんだ！　有力竜人を次から次へと誑し込み、テメェに惚れた男を利用して、のし上がってく才能に反吐が出る！」

「ちょ、ちょっと待ってくれよ……なんだよそれ！　いくらなんでもいい過ぎだろ！　可畏、自分が何いってんのかわかってんのか!?　誑し込みって……っ、なんなんだよそのいい方っ！　俺が今までどんな想いで……っていうか、もういいや。なんかもう無理、駄目だ、ほんと無理。話しても無駄っていうか話にならない。無理、マジで無理」

頭の中で何かがぷつっと切れたというよりは、その何かすら元々なかったかのように瞬時にすべてが消え去って、可畏に対する恋情も愛情も一瞬で無になった。

コイツなんなの、このデカくて偉そうな奴、マジで無理――としか思えず、代わりに猛烈な勢いで膨れ上がるのは、彼の肩に張りついている我が子への愛だった。

「マーマ……マーマ、おこなの？」

「パーパも？　おこなの？」

慈雨は金茶色の眉をハの字にして首を傾げ、倖は今にも泣きそうな顔で「らめ、らめよ」と声を震わせる。

その声もその顔も、これまで以上に愛しく思えてならなかった。

愛情は分けるものではなく無制限に増殖するものかと思いきや、可畏に向かっていた愛情が一気に方向を変えて、そのまま子供達への想いに積み上げられる。

「大丈夫だよ。おこだけど、君達のパパに対して怒ってるだけなんで。慈雨と倖はいい子だよ。ちょっとそこの人っ、俺、今から実家に帰らせてもらうから。あの家のプールを海水プールに改造してくれたおかげで慈雨も連れていけるし、このために改造してもらったみたいだよな。いやもう、それだけはほんと感謝だ！」

可畏のことを名前で呼ぶことすら嫌になった潤は、半ベソの倖に向かって両手を伸ばす。

心臓以外にもう一つ、激しく脈打つエンジンを体のどこかに搭載したかのようだった。

全身がカッと熱を持ち、手も足も勝手に動くうえに、他者と喧嘩しても冷め気味だった昔の自分が嘘のようにヒステリックになる。「子供達、返して！」と怒鳴らずにはいられない。

「倖くん、こっちにおいでっ」

可畏は別段抵抗せず、避けもせず、倖が痛がらないよう……なおかつ地面に落とすことなど決してないタイミングで手を離した。

慈雨と比べれば軽いとはいえ、むっちりとした健康優良児の倖の重みが、潤の腕にずしりとかかる。

「マーマ……ッ、おこらめよ、らめなの……っ」

「うんうん、駄目だよねー。ママニコニコになりたいんで、倖くん、慈雨くんと一緒について来てくれる？　バーバと澪の家に行こう」

「……んー、パーパは？」

「お仕事があるんだって」

しれっと答えた潤は、倖をしっかりと抱き直しながら、可畏が抱いている慈雨に向かって
「慈雨くんも一緒に来てくれるよね？」と問いかける。

どちらかといえばママっ子の慈雨は、当然のように「いく！　ジーウいくおっ！　ジーウはマーマのらもん！」と元気に答えた。

普段は「マーマはジーウの」と主張するが、逆になっているのは間違いなのか意図的なのか、これが平時なら可畏と笑い合うところだが、今はさらりと聞き流す。

「異論はないよな？」

「勝手にしろ。何しろお前は偉大なる皇帝竜様の庇護下にあるんだ、俺がいちいち気にかける必要はない。おかげで海外出張も自由にできる」

「……は？　海外出張？」

「元々行くべきだったからな、今すぐ発つ。竜人誑しで要らねえものばっか引き寄せるお前のお守りから解放されて、支配地域を見回る余裕もできた。実家に帰るなりエリダラーダに行くなり、好きにしろ」

なんだよそれ――といいかけた時にはもう、可畏は「すぐに旅支度を」とヴェロキラプトル竜人四人に向かって命じた。

慈雨を地面に下ろして本人の意思に任せると、そのまま寮に向かっていく。

二つ返事で従うしかない辻らは走ってあとを追い、潤は脚にしがみついてくる慈雨と、腕の中の倖と共に残された。

《六》

可畏が日本を発って三日が経ち、潤は彼が残していったヴェロキラプトル竜人のうち二人と、生餌四人の協力を得ながら何不自由なく暮らしている。

最初は実家に帰るつもりだったが、可畏が先に出ていったのでその必要はなくなった。

おかげで講義にもきちんと出席して、帰宅後は子供達と遊んだり、無理なく作れる植物性の離乳食を作ったり、モデルとしてのストレッチや軽い筋トレに励んでいる。

可畏がいなくても特に問題なく過ごせているが、それはあくまでも可畏が寮住まいの部下を残していってくれたからだ。

そして慈雨と倖が伸び伸びと遊べるチャイルドスペースや屋外アスレチック、新鮮な海水で満たされた巨大水槽など、環境が整っていることが非常に大きい。

——百年の恋も冷めるって、こういうことか……って、思ったんだけどな。うん、あの時は確かに冷めたんだよ、なんかこう……スパッと断ち切られた感じで……。

独りキッチンに立っていた潤は、切れ味のよい包丁で桃を切る。

知育玩具に夢中になっている慈雨と倖を、生餌の二号ユキナリと三号、四号、五号に任せて、その様子を眺めながら次の桃を手に取った。

自分と生餌達の分と、実を細かく切った子供達の分を用意する。

時計の針は午後三時を示し、皆でおやつを食べるのに適した時間だった。

キッチンが桃の香りでいっぱいになるほど瑞々しく香り高い桃で、皮は子供達の頬のように明るいピンク色をしている。対して空はどんよりと曇り、時間のわりには暗かった。

今の潤の気分に副っているのは、芳潤な桃ではなく曇天の方だ。

「コーたん、あのね、こっちね、こーちて、こうね」

「……ん、んー……こう?」

「んっ、こうやってー……トンネウよ!」

生餌達に見守られている慈雨と倖は、相談しながら木製ブロックを組み合わせている。

スタートからゴールまで玉を転がすルートを作るゲームで、ブロックが増えれば増えるほど難易度が上がる物だ。玉を止めずにゴールさせるのは二人にとって難しいことではなく、今はより複雑なルートを作ることに挑戦しているようだった。

知育玩具を与えると二人で大人しく遊んでくれるため、潤としても気が楽で、生餌達からも好評を博している。

「一号さんたら、また溜め息ついてるの?」

チャイルドスペースから出てきた二号ユキナリが、カウンターの向こうから首を伸ばしつつ話しかけてきた。

彼がそうすると、背負っている恐竜の影――トサカのついたコリトサウルスの影も、ぬっと首を伸ばして迫ってくるため、普段より大きく見える。

「いや、なんか……いつ帰ってくるのかなと思って」

「可畏様？　そんなすぐ帰ってくるわけないじゃない、まだ三日だよ。どこだかよく知らないけど、アメリカの……イリノイ州だっけ？　通信会社の本社に行って、それからドイツとデンマークと北欧四ヵ国に行くんでしょ？」

「それって、どれくらいかかるんだろう」

「さあ、会社関係の部下とか、あとは僕達の中から五人連れていかれたからね……生餌を現地調達しなくても長期滞在可能な人数だし、最低二週間は帰らないおつもりなんじゃない？」

「……二週間、か」

潤がぼそりと呟くと、ユキナリは直毛の茶髪を揺らしつつ首を傾ける。

細い眉は眉間に寄せられ、酷く不機嫌そうな顔になっていた。

「一号さんだって可畏様の前から約二週間も姿を消してたじゃない。それ考えたら大したことなくない？　意地を張らなきゃ連絡できるし、どこにいるかもすぐわかる話でしょ。可畏様は一号さんの生存すらわからない日々に耐えたんだから」

「それは……」

それはそうだけど、今回とは別の話だろ——と思いつつも、潤は何もいい返せなかった。

確かにユキナリのいう通りで、可畏が経験したあまりにもつらい二週間と、自分がこれから経験するかもしれない二週間はまったく違う。

恋人が敵に攫われて消息不明の状況と、どこにいるのか大方わかっていて、その気になれば連絡がつく現状を比較するのは申し訳なく、可畏が味わった苦渋の日々を思うと胸が痛んだ。

ツァーリから差しだされた腕時計を受け取ったのは、家族の安全を守るという大義があり、間違ったことはしていないのだから堂々としていこう……と己を鼓舞する一方で、どうしても可畏の気持ちに同調してしまう。

——誑し込んだとかなんだとか、あんなのは売り言葉に買い言葉で、本音じゃないって……むしろ思ってるのと逆なんだってわかってるし、子供達の生活が可畏の経済力で成り立ってるのもわかってる。実家に帰るっていっても、海水プール付きの豪邸は可畏が用意した物件だし、よくよく考えたら……いや、考えるまでもなく、俺は……俺自身だけじゃなく子供や親や妹に至るまで、完全に可畏の庇護下にあるんだ。

家族にまで命の危険がある状況だったことや、恋人にしても夫婦にしても精神的に対等なら、他は臨機応変に適材適所で支え合えばいいと思っているので、それ自体に不満はなかった。

今でも、経済的な支援を受けているからといって卑屈になる必要はないと考えている。

向けられた言葉が本音ではないことは承知していて、もちろん愛想を尽かされたとも思っていない。潤や子供達が慣れ親しんでいるヴェロキラプトル竜人のうち二人を残し、ユキナリを始めとする生餌四人を置いていったのも、可畏の愛情としか思えなかった。

何しろ可畏は、血の味や見た目が気に入っている二号から五号までを置いていき、それらの点に於いて低い位置づけの六号から十号までを旅の供として選んだのだ。

――それは俺のためじゃなく、子供達のためかもしれないけど……いや、そうじゃないよな。可畏が俺に冷めるわけがない。生餌の中で誰が見ても一番可愛いユキナリを置いていったのは、「浮気なんかしないぞ」っていう、俺に対するアピールなんだと思うし……なんて考えるのは甘過ぎるかな?

可畏の想いを当たり前に信じる自分の甘さに負けない、甘美な香りの桃を刻みながら、潤は可畏の顔や首、肩や胸や腰つきを思い返す。

彼の体にセクシーではないところなど一つもなくて、野性味のある肌の色も、若い雄らしい匂いも、ぞくぞくするほど威圧的な捕食者の目も、存在そのものが潤の体を熱くする。

一瞬で冷めた恋が三日もせずに熱を孕む現象が、可畏の中でも起きている気がした。

それどころか、彼の場合は一瞬も冷めていなかったと思っている。

「……でも、俺がいなくても眠れるのか」

「当たり前でしょ、もう襲われないんだから」

「……っ、ぁ、俺……今何かいってた？」

「なんなの？　独り言だったわけ？」

「独り言というより、心の声？」

「は？　普通に声出てたし」

冷蔵庫を開けてヨーグルトを手にした潤は、無意識の呟きに狼狽(うろた)える。

カウンター越しに睨(にら)みを利かせてくるユキナリから、「自分が選んだことでしょ」と厳しい口調で叱られた。とはいえユキナリは、潤の選択そのものを否定しているわけではない。

何かと意地悪な物言いをするユキナリにしては、これまで特に批判的な発言はなかった。

ツァーリが部下を引き連れて突然現れたあの日、潤の言動によって可畏は激怒し、いきなり渡米してユキナリを置いていった。

生餌としての役目を求められなかったユキナリは、大学に行く潤の付き添いや子守りをする破目になっている。いつもの彼なら、可畏がいないのをいいことに文句をいいそうな状況だ。

「そういえば、可畏を怒らせた俺に怒ってないのか？」

「怒る？　んー、べつに。怒るも何も、一号さんの選択は弱者にとっては当然のものだし、それに関しては可畏様に寄り添えないっていうか」

「……え？」

「だって、可畏様と僕達じゃ立場がまったく違うでしょ。一号さんは一応こっち側だし」

潤とユキナリの会話に聞き耳を立てていたのか、チャイルドスペースの中にいる三号らも、こちらを見ながら黙って頷いた。

三人揃ってうんうんと首を振るので、それに気づいた慈雨と倖まで真似して頷いている。

「何しろモノがモノじゃない？　手出し無用の絶対不可侵権だよ。本来なら竜人社会に大きく貢献しないともらえないんだから。ちょっと竜人寄りになった程度の人間がもらえるなんて、本来なら絶対あり得ないんだからね。ツァーリの愛の証だろうがなんだろうが、そんないい物もらえるなら当然もらうでしょ、誰だって全力で飛びつくでしょ」

「……全力で、飛びつく？」

潤の問いに三号らが再び頷き、またしても子供達が真似をした。

意味はわかっていないはずだが、「うんうん」と声まで出す。

「可畏様を怒らせたところで、絶対不可侵権を得ちゃえば可畏様にだって殺されないわけだし、もらわないなんて選択肢、僕達にはぜーったいないんだよね……ね、そうでしょ？」

「ええ、二号さんのいう通りです。弱者ってそういうものですよ。あくまでも合理的に、命を最優先して考えないと生きていけませんから。あれはもらって当然です」

後ろを振り返って同意を求めるユキナリに三号が答え、四号と五号は黙って頷いた。

慈雨と倖は意味もわからず喜んでいて、「もやってとーじぇんでしゅ」と声を合わせる。

——もらって当然……そう、だよな。そりゃそうだよ。

普段は息をするように文句ばかりつけてくる小姑紛いのユキナリの言葉に、潤は思うように言葉を返せなかった。

「そうだよな、当たり前の選択だよな」と頭の中では返していて、そういおうとしているのに、喉に鉛を突っ込まれたように声にならない。

「肉食恐竜っていうカテゴリの中でも色々あって、中間管理職的なのが多いんだよね。むしろ大半はそんな感じなんだけど、可畏様は強者の中の強者でしょ。搾取される側の気持ちなんてわからないんじゃない？　意地とか面子とか？　そういうのを大事にして絶対不可侵権を拒むなんて、僕達には考えられない」

そう断言するユキナリに、他の三人が「ですよね」と同意する。

生餌達とは違ってどちらかといえば強者側である子供達も、「でしゅよねー」と頷きながら笑っていた。

「なんだろう、そんなふうに皆から全肯定されると……かえって俺が悪い気がしてきた」

「何それ？　天邪鬼は僕の専売特許なんですけど。真似しないでよね」

「そうだけど、いや……でもなんか……」

果汁滴る桃の香りが飛びそうなくらい、吹き荒れる罪悪感が潤の体を包み込む。

可畏に迷惑や心配をかけないよう、そして家族全員が安全に過ごせるよう、絶対不可侵権が欲しかった。

ツァーリがそれを無条件でくれるというなら、当然もらうべきだと思い……自分は間違っていないと思う気持ちは今この瞬間もあるけれど、しかし本当にこれでよかったのだろうか。

自分は男で、やや竜人寄りに進化した人間に過ぎないが、アジアの竜王の恋人として選ばれ、『竜王の妃』と称される立場にある。

つまり可畏の妻も同然だというのに、安全のために夫以外の男の庇護下に入り、夫の面子を潰したのだ。

——そんなこと受け取った時点でわかってたし、俺にとっては面子より安全が大事だけど、それは俺の考えなんだよな。事情はどうあれ、俺は可畏の反対を押し切って勝手に決断した。物凄い御宝を差しだされて……飛びつかずにいられなかった。

あえて他人事として考えてみると、自分が随分と酷いパートナーに思えてきて、強者として誇り高く生きてきた可畏の気持ちが見えてくる。

あの時、どんなに悔しく屈辱的だったか、本当の痛みは可畏にしかわからないけれど、その痛みを想像するだけで、四肢をもがれて潰されるイメージが湧いてきた。アスファルトに叩きつけられ、小さな蟻のように踏み躙られる感覚に、背筋がぶるりと震えだす。

——正しい判断だと思ってた。ユキナリ達から見ても俺は正しい。弱肉強食の世界に生きる弱者としては正しいんだ。けど俺は竜王の妃として覚悟を決めたはずだ。強者のパートナーになったら、腹を括ってそれに相応しい選択をするべきだったんじゃないか？

間違えましたごめんなさいで済む話ではないが、可畏が少しでも早く帰ってきてくれるよう、連絡を取って謝った方がいい気がした。

ただし口先ばかりで適当に謝るのは最悪な手段で、「自分は間違っていない」という考えが少しでもあるうちは、安易な御機嫌取りのように謝るべきではない。いずれにしても、改めてよく考える必要がある。確固たる信念がなければ、今度こそ見限られかねない。

「とりあえず桃、食べない？　変色すると嫌だし」

揺れ動く心を持て余していた潤は、ユキナリに促されるままダイニングに向かう。

すっかりフルーツ好きになった子供達は、遊びを中断されても駄々を捏ねずに、「もーも、もーもらよー」「どんぶらこっこらねー」と歌いながらチャイルドスペースから出てきた。

「マーマ、パーパは？　パーパのもーもは？」

「パーパ、ろこ？　パーパ、ももしゅきくないの？」

ペンギンのように小走りしてきた慈雨と倖は、生餌達の手でひょいと持ち上げられ、ベビーチェアに座らせられる。

慈雨に至っては見た目の二倍の重さがあるが、華奢な生餌達は潤よりも優れた膂力を持っているので、さほど構えず軽々と抱き上げていた。

「可畏は仕事でアメリカに行ってるって何度もいってるだろ？　桃は……帰ってきたら一緒に食べよう。こうして美味しいのを取り寄せてるのは、好きだからだよ」

潤が二人の間に座ると、慈雨と倖は「ほー」「しょーなのねー」と気の抜けた返事をする。

二人とも大人の言葉をある程度理解できる賢い子供達だが、都合の悪いことは忘れてしまう傾向があった。可畏の行き先について説明したのは、おそらくこれで七度目か八度目だ。

可畏がいないからといって愚図ったり癇癪を起こしたりはせず、いい子にしているのだが、何度も何度も同じことを訊いてくるので、潤の方がイライラしてしまうことがある。

「ごめんな、俺のせいなんだけど」

はぁと溜め息が漏れ、反省すると「マーマ、とんまよ！」と慈雨に慰められる。

正しくは「どんまい」で、誰かを励ましたり慰めたりするのが慈雨のブームらしい。

倖も「マーマ、サスサスよ」といいながら、白く小さな手で潤の手の甲を摩る。

「慈雨くんも倖くんも励ましてくれてありがとう。二人の桃にはヨーグルトたっぷり入れたよ。こうするとほら、掬うのも食べるのも簡単だし、栄養も摂れるから」

ぽってりと重いクリーム状のヨーグルトと桃を、潤はスプーンで掬い上げる。

「アーン」というと口を開ける子供達に、次々と食べさせた。

「もーも、おいちーお！」

「よーくも、おいちねー」

慈雨も倖も、可畏が危機的状況にないことは察しているらしく、所在確認を繰り返すわりに、美味しい物を食べるとケロッと笑いだすのが常だった。

潤が消息不明だった時は、子供達も元気がなかったと聞いている。

現状は可畏がいなくて淋しいというだけで、大きな不安は感じていないらしい。

「パーパ、とおーい？　おうみのとこ？」

「うん、そうだよ。海の向こうの遠い国」

「ジーウ、おうみしゅきよ！　よくよ！」

泳いでパパの所まで行くといいたいらしい慈雨は、ベビーチェアに座ったまま、両手で水を掻く仕草をする。いわゆる平泳ぎで、遠慮なく大胆に空を切った。

「こら慈雨っ、食器にぶつかったらガッシャーンッして、痛い痛いして大変だろ。食事の時は大人しくしてなさい」

「んー、ちあうよ、もーもらよ……おやちゅよー」

「は？　おやつと食事は違うって？　そういう屁理屈いってないで、食べる時は大人しくしてなさい。食事でもおやつでも全部一緒。『はい』は？」

「……ぁぃ」

「わかればよろしい。それと、海を泳いで会いにいくなんて駄目だからな。慈雨ならどこまでだって泳げるかもしれないけど、そんなことしたら倖が淋しくて泣いちゃうだろ。慈雨は弟を泣かせるようなお兄ちゃんじゃないよな？」

「マーマ、コーもいくー！　コーね、おそらブーンしゅるの！」

慈雨が誇っている兄という立場を利用し、スマートにコントロールしようとした潤だったが、慈雨に思わぬ伏兵が現れる。

倖は慈雨のように暴れはしないものの、天井を見上げて目をキラキラと輝かせ、「ブーン、ブーンしゅるのね。ジーくんはね、おうみよくのねー。コー、ジーくんのおうえね、おそらね、ブーンしゅるのね」と夢見がちだ。

自分が鳥のように飛べることと、慈雨が魚の如く泳げること、それぞれの力が特殊なものであることをよく理解している表情だった。その力を使えば空と海に分かれて平行に高速移動し、可畏に会いにいけると信じて笑っている。

「慈雨も倖も、可畏に会いたいんだな……そりゃそうだよな。優しくて強くてカッコよくて、自慢のパパだもんな」

「んっ、ジーウのパーパ、かっちょーいよ！」

「パーパ、やさしねー。マーマもやさしねー」

「うん……じゃあ俺が可畏に電話して、『できるだけ早く帰ってきて』って頼んでおくよ」

「ジーウも！　ジーウもねっ、パーパとでんわしゅる！」

「コーもおでんわ！　パーパとね、もしもししゅるの！」

勢いづく子供達に挟まれながら、潤は苦々しく笑う。「まず俺に話させて。可畏と、大人の話がしたいんだ」といった時にはもう、謝罪の方向で気持ちが固まりかけていた。

頭の中を整理して完全に腹を括る必要があるが、どうするかはもう決まっている。

可畏の口が悪いのは今に始まったことではないとはいえ、やはり腹の立つ発言もあったが、最初に間違えたのは自分だ。

トラブルが起きて喧嘩になれば、いい過ぎてしまうのは誰にでもあることで、可畏の発言は本音ではないものとして水に流せる。

「慈雨、倖、今回は俺が可畏と話すけど、その次の電話ではもしもししてあげて」

「しゅる！　ジーウね、パーパともしもししゅるよ！」

「コーも！　パーパにね、もしもしゆって、『はいく、おかえりちてね』ってゆーの！」

「ジーウも！　ジーウもゆーよ！　はいくってゆーよ！」

「うん、そういってあげて。慈雨くんと倖くんが『早く帰ってきてね』っていったら、可畏のことだから大急ぎで帰ってくると思うよ。可畏はね、いつも慈雨くんと倖くんのことを考えて、一生懸命お仕事してるんだ。日本にいる時だって、竜嵜グループの食品会社の仕事に凄く力を入れてるんだって。このヨーグルトも、ほんのちょっとで二人にとって大事な栄養をたっぷり摂れる商品なんだよ。慈雨くんと倖くんが美味しい物を食べて元気でいられるように、可畏はベビー部門のお仕事を特に頑張ってるんだ」

仕事の話を子供達がどこまで理解してくれるかわからなかったが、潤は家族に対する可畏の愛情や献身を口にすることで、自分の中にある可畏への想いを高める。

これから何をすべきかも見えてきた。

ツァーリから受け取ったまま一度も腕に嵌めず、箱から出してもいない腕時計を……つまり絶対不可侵権を、フヴォーストに返上すべきだ。

竜王の妃という立場を受け入れた以上、弱者であることを免罪符にして可畏の顔を潰してはいけなかった。どんな理由があるにせよ、あれを受け取るべきではなかったのだ。

「可畏は他にもたくさんお仕事をしてて、その前もね、倒産寸前の……なんていうか、その、凄く困ってるベビーシューズの会社とか、ベビー服の会社を買って、そこで働く人達を助けてあげたりしたんだよ。慈雨くんと倖くんに、履き心地のいい靴を履いてほしいんだって。服も、安全で丈夫で軽くて、可愛いのをいつも着られるように、自分の目で商品を確かめて、いいと思った会社を助けてるんだ」

なんとなくでも伝わればいいと思いながら、潤は慈雨と倖に語りかける。

二人は期待以上に感じ取ってくれたようで、大きな青い目と琥珀の目を丸くして、「パーパ、えらーの！」「パーパ、ばんばってゆのね！」と嬉しそうに拍手をした。

「うん、可畏はいつも頑張ってるんだよ。いいパパを持って、慈雨くんと倖くんは幸せだね。俺も幸せだけど」

可畏と出会ってからつらいこともたくさんあったけれど、幸せの方が遥かに勝る。

お互いに影響を与え合い、歩み寄って恋人同士になり、奇跡的に子供にも恵まれた。

家族という一つの塊になった認識がある一方で、恋人という感覚も未だに強くて……だから今、恋しくて会いたくなっている。離れ離れになって清々したと思ったのも、恋が冷めて顔も見たくないと思ったのも、半日くらいの話だった。

「マーマ、しゃーわせね?」

「ん、ジーウいゆもんね!」

愛らしく微笑んで潤の幸せを喜ぶ倖と、自分がいるからママは幸せなんだと主張する慈雨の間で、潤は「うん、幸せ」と元気に返す。

黙って桃を食べる生餌達の視線が痛かったが、再燃する想いを素直に認めたかった。

可畏の唯一無二のパートナーとして選ばれた自分を見つめ直し、その立場ごと愛したい。

彼のプライドを犠牲にし、保身に走って飛びついてしまった絶対不可侵権を、何がなんでも返上しようと心に決めた。

《七》

　こうと決めたら動きは早く、慈雨と倖を生餌に任せた潤は、自室として使っている小部屋に向かう。

　元々は納戸で、デスクに着いた状態で本棚に手が届くほど、小ぢんまりした空間だ。

　秘密基地のような閉塞感があり、潤の男心をくすぐる気に入りの場所だが、ここで勉強したことは数えるほどしかなかった。

　有能なベビーシッターが大勢いるとはいえ、独りの時間をほとんど持たないせいだ。

　課題などはリビングで済ませ、なるべく子供達から見える場所で過ごしてきた。

　――可畏は閉所恐怖症だから、この部屋が苦手なんだよな。腕時計をここに閉まったのも、なんか意地悪だったかも。あの時は特に何も考えてなかったけど。

　潤はデスクから椅子を引いて座り、電子ロック式の抽斗(ひきだし)を開ける。

　一番下の段に、リュシアン・カーニュを介して渡されたツァーリの愛の証が……潤の安全を保障する腕時計の箱が、無造作に収めてあった。

黒い革張りに見えながらもフェイクレザーが使われているそれは、潤への配慮が感じられる品だったが、だからこそ余計に可畏に対して罪の意識を覚える。

受け取ったのは安直な行動だったと、やはり反省せざるを得なかった。それでいて三日前のあの時は、自分なりによく考えて受け取った気になっていたのだから性質が悪い。

浅はかな自分に苛立ちながら、潤はクレーンゲームの要領でぐわりと箱を摑んだ。

仰々しいそれを机に載せて開けると、一点の曇りもなく磨かれた腕時計が姿を見せる。

木と琥珀と金で出来たそれは、当然ながら受け取った時のままで、何も変わっていなかった。

──他の物ならいいってわけじゃないけど、選りによって腕時計っていうのが最悪だよな。

可畏からもらった最初のプレゼントも最新のプレゼントも腕時計だし。

本当に最悪なのは指輪かもしれないが、腕時計もそれに匹敵するくらい嫌だった。いっそのこと警察官の身分証のように、必要に応じてパッと開いて提示できる身分証やメダルといった物だったら、いくらかましだったのかもしれない。

──いや、形状は関係ない。とにかく、まずは可畏に連絡して謝って、俺の気持ちを伝える。

それから組織に対して返上の申し出をして……。

小さな部屋で大きな溜め息をつきながら、潤は改めて時計を見据える。

目の前にある時計は正確な時を刻み、そのうえ装飾品のように美しい。

けれどもこの時計の本当の価値は、物質としてのものではない。

重要なのは、竜人社会に於ける格別な特権だ。この時計を返すということは、自由を失うということ。これがあれば大手を振って歩けるのに、また窮屈な生活に戻っていいのだろうか。ただ単に窮屈で緊張感を強いられるというだけならまだいいが、実際に危険が増すのだ。可畏がどんなに強くても、どれだけ気をつけても絶対的な安全は得られず、これまで様々な敵に遭遇し、可畏も自分も仲間達も危険な目に遭ってきた。

今後は子供達も狙われ、本格的に巻き込まれるかもしれない。

今まで経験してきた不安や恐怖を思うと、絶対不可侵権に縋りたい気持ちが蘇る。

固い決意をしたはずなのに、それもまた浅慮だといわんばかりに、安全性を重視する自分が強烈なタックルを仕掛けていた。

「駄目だ……返すよ、絶対に返す」

意固地になる性格ではないので、可畏に対して、「俺が間違っていました。すみません」と謝るのは難しくない。

しかし一度得た権利を返上するのは、思っていた以上に勇気が要る。

過去の戦いで特に印象に残っているのは、双竜王によるヘリコプターの墜落事故と、可畏が首を切断された時の真っ赤なプールだ。ああいったものを二度と見ないで済むのなら、可畏の立場を無視してもいいんじゃないかと、ついまた悩んでしまう。

——あれ、なんか、光った？

時計自体には触れぬまま箱の蓋を閉じようとすると、蓋の内側の鏡が突然光った。

部屋の照明が反射したのかと思ったが、そうではないらしい。

等間隔でさらに二度、無音のまま光ったかと思うと、鏡が一気に明るくなる。

「……え……っ、な、何？」

時計の裏側を映し、奥行きを感じさせるための鏡——そうとしか思えなかった正方形の面は一瞬にしてディスプレイに変わり、そこに信じられないものが映しだされた。

世界中の竜人を束ねる、竜人保全管理組織フヴォーストのトップであるツァーリが、まるでオンライン会議に参加する要人のように画面中央に鎮座し、こちらを見ている。

『やあ、潤』

声まで聞こえてきて、いったい何が起きているのか判断するのに数秒かかった。

その間に、ずっぽりと生き肝を抜かれたような気さえする。

驚き過ぎて声も出ない潤の脳裏に、録画かもしれないという考えが過ったが、『君が独りで箱に近づく時を待っていたよ。三日ぶりだね』といわれ、ライブであることを強調される。

「ガイ……」

ようやく口から出たのは、目の前の顔に対して最もいい慣れた名だった。

彼のことはツァーリと呼ぼうと決めていて、すでに頭の中では修正できていたはずなのに、自分の口に裏切られる。

「ツァーリ」と言い直すと、小さな画面の中の彼が笑った。

『その通り、私の名はガイではない。私の洗脳を受けた君が可畏と混同しやすいよう、名前を似せて……ガイという名の、自分ではない者を演じたことを後悔しているよ』

そう語る彼の背後は、西洋の古城か貴族の屋敷といった雰囲気だった。もしかしたら、そういった建物を改築したホテルかもしれない。いずれにしても、優美な彼によく似合っている。

エリダラーダの中にもサバーカが住むエリアに屋敷があったが、こうして通信ができていることから考えて、エリダラーダではなさそうだ。

ツァーリは自ら編んだらしい光沢感のあるサマーニットを着ていて、来校した時とは異なる印象を受ける。潤がよく知る、普段着の彼が小さな正方形の中で微笑んでいた。

『その時計を受け取ってくれて、本当に嬉しかったよ。君が箱を開けるのはいつだろうかと、胸を高鳴らせて待っていたんだ。とても幸せな三日間だった』

「ツァーリ……この通信、すぐ切りたいけど、ちょうど話があるのでこのまま利用させてもらいます。この腕時計と箱、返却させてください。安易に保身に走ったことを、後悔してます」

ツァーリの穏やかな話し方の影響もあり、一頻り驚いたあとは落ち着くことができた。

これまで以上に腹が決まり、いいたいことを滞りなくいえる。

箱を開けた時だけ向こうに通知が届く限定的なものかもしれないが、マイクやカメラが箱に仕込まれていたことが腹立たしく、怒りが原動力になっていた。

『私の愛の証を受け取ったことを、後悔しているのかな』

「それに関しては後悔も何も……最初から受け取った記憶がありません。俺が受け取ったのは絶対不可侵権だけです」

『つれないな』

「鼻先にぶら下げられたニンジンがあまりにも魅力的だったんで、つい食いついてしまって、誰がどんな理由でぶら下げてるかを……もっとよく考えなきゃいけなかったのに、自分本位に即決してしまいました。可畏にも貴方にも悪いことをしたと思います。すみませんでした」

『潤、そんなふうに私に謝る必要はない。ただ……絶対不可侵権を返上するのは、そう簡単な話ではないよ』

小さな部屋の中に響くツァーリの声は、穏やかながらに潤の心を波立たせる。

今の言葉が悪い話の前置きだということは、ひしひしと感じられた。

『何しろもう、公示してしまったあとだからね。それをわざわざ撤回するということは、沢木潤という人間を、殺してもよくなったと伝えるのと同じことだ』

「……っ、え？」

『此度の公示を通じて、沢木潤の存在は、君を知らなかった者達にまで周知徹底された。絶対不可侵権を返上した場合、君はこれまで以上に危険な立場に立たされるだろう。最強のティラノサウルス・レックス竜人と名高い竜嵜可畏と、実在するのが明らかになったマークシムス・

ウェネーヌム・サウルスの私が求め合う、ベジタリアンで半竜人の美少年……ハイブリッドの卵を産めることを別にしても、大抵の竜王は興味を持つ。そして君を欲するだろう』

時計を差しだされたあの日、優しさを織り込んだ声で誘惑を仕掛けてきたツァーリは、今も変わらぬ話し方をする。

威(おど)しに等しい言葉を口にしても、その表情は凪(な)いでいた。

「そういう、リスクに関しては……全然、触れませんでしたよね」

『説明するまでもなくわかっていると思っていたよ』

騙(だま)された被害者意識をちらつかせた潤に、ツァーリは無情な笑みを返す。

詐欺は騙される方も悪い――という格言が頭を過ったが、反省するよりも先にツァーリが、

『可畏はね』と付け足した。

「……どういう意味ですか？」

『人間である君の考えが及ばないのは仕方がないことだ。しかし可畏はわかっていたはずだ。あの時、君を止めながらも感情面でしかものをいわず、リスクについて触れなかったのは……彼に迷いがあったからだと私は思う』

「それは、つまり……可畏は反対しながらも、迷ってたってことですか？」

『私にはそう見えた。如何(いか)なる方法を用いても君の安全を守りたい想いが、彼にはあるはずだ。当然、絶対不可侵権に大いなる魅力を感じていただろう。だからあの時、全力で反対したりは

しなかった。時計を持って君に近づいたリュシアンを止めることもせず、間に立つこともなく、口を出すだけで一歩も動かなかった』

「それは……」

それは貴方と対峙していたから——といおうにも、潤はツァーリの主張に呑み込まれる。

彼のいう通り、あの時の可畏は潤や学院を守る恰好でツァーリ一行の前に進みでて、彼らが引き上げるまで動かなかった。

あの場で変容できるケツァルコアトルスやアルバートサウルスがいたので警戒し、真正面で仁王立ちになっていたように見えたが、潤との間にそれほど距離があったわけではない。

しかも潤の周囲は、すぐに変容できるヴェロキラプトル竜人で固められていた。

可畏が動けない理由はさほどなく、時計を受け取るのを本気で止めたければ、リュシアンを突き飛ばすなり、腕を摑んで追い返すなりできただろう。

『絶対不可侵権を一度得てしまったら、もう取り返しがつかないことを可畏はわかっていた。それでいて強い抵抗はしなかったが……感情的には耐えられなかった。私からの愛の証を受け取る君を見たくなかったんだ。君に、自分の意志で拒んでほしかった』

「——っ、そんな、こと……」

そんなことはわかっている。可畏の感情面に関しては、他人にいわれるまでもなく最初からわかっている。時計を受け取る瞬間ですら感じていたのに、可畏を優先できなかった——。

『潤……今のところ君が私を愛していないのは承知の上だが、私はどうしても、君との未来を諦めることができずにいる。君との間に、特別強い絆を感じているからね。いつか君と家族になって、一緒に暮らすことを夢見るばかりの毎日だ』

「……っ、そんな夢、見られても困ります」

画面の中で動くツァーリの唇を見ていると、消したい記憶が鮮明になる。

エリダラーダにいた二週間のうちに、数えきれないほどたくさんの口づけを交わした。唇を崩し合い、舌を絡め合って唾液を交わし、身も心も蕩けんばかりだった。

毒で洗脳され、彼を可畏だと思い込んでいた最初の一週間も、洗脳が解けたにもかかわらず、そうと気づかれないよう演じ続けた一週間も、何度も体を重ねた。

最後の一線は越えなかったというだけで、彼の冷たい唇の感触も、体の重みも、精液の味も憶えている。

「ツァーリ……あえていうまでもない話ですけど、俺がこの時計を受け取ってしまったのは、可畏と子供達と静かに暮らしたかったからです。くれたのが貴方じゃなくても受け取りました。誰からだって、効用が同じならそれでよかった……というよりむしろ、貴方からじゃない方がよかったんです。貴方は俺にとって特別な存在じゃないし、攫われて仕方なく一緒にいたってだけで、絆なんてありません」

『私からじゃない方がよかったということは、逆に考えれば私をそれだけ特別視しているとも取れる。光栄だと思うべきかな?』

「違います、変な解釈しないでください！　俺は貴方を憎まないとはいったけどっ、忘れたい気持ちは物凄く強い。本当に全部、貴方としたこと全部を……っ、さっさと忘れたいんだ！」

抑えようのない怒りが込み上げて、声を荒らげずにはいられなかった。

相手は事実上竜人を統率している組織のトップで、その気になれば自分をどうにでもできる恐ろしい実力者だとわかっているのに、耐えられない。

己の記憶を制御したくても叶わず、底が抜けた瓶のようにすべてが零れてくるせいだ。

最も思いだしたくなかった生々しい行為が、忌々しくも真っ先に蘇り……続いてツァーリの幸せそうな微笑みや、切なげな表情、アットホームな部屋。果ては湯気を立てるロシア料理の味や香りまで五感に返ってきた。

彼が作ってくれた、スメタナやサワークリームが入ったシチューに、カラフルなオリヴィエサラダ。潤が食べたがった日本風の柔らかなパンも、とても上手に焼いてくれた。

エリダラーダが寒いのはツァーリのせいではなく、彼は可能な限り潤に配慮して部屋を暖め、肌触りのよい衣服や寝具を用意してくれた。彼は手芸が得意で、器用に動く指は魔法のように様々な物を編み上げ、自分はそれらに囲まれて暮らしていたのだ。

『私との時間は、すべてが苦痛だった？　私達はとても相性がいいと……そう思ったのは私の勘違いだろうか』

「さあ……食の相性だけはよかったんじゃないですかね。貴方は草食恐竜ですから、ラクト・ベジタリアンの俺と好みが合うのは当然です。でも、最初から合うと楽ってだけで……本当は合わないところがたくさんあるのに、お互いに歩み寄って問題を乗り越えていくのも凄くいいものですよ。大変なことがある分、連帯感とか絆みたいなものが強まるんです。俺と可畏は、そうやって今の関係になりました。凄く大事な絆が生まれたんです。今回は俺が間違えたけど、終わったなんて思ってません。貴方が入り込む余地は一ミリもないんです」

『潤……』

椅子に座ったまま踵（かかと）を何度か床に打ちつけた潤は、自分の言葉が相手を傷つけていることを痛感する。

殴った拳が痛くなるかのように、自分自身も痛くて、その事実に苛立ちが募った。

ツァーリを怒らせるのは得策ではないが、あまり同情するべきではない。

手が痛くないよう、拳ではなく鉄パイプで殴るくらいの感覚で文句をいってもいい相手だ。

元の生活に戻れたとはいえ、彼は自分達に酷いことをした。

傷つけることを恐れずに、きっぱり諦めがつくよう突っ撥（ば）ねてやれと思う一方で、どうにもならない同情心が生まれてしまうのは、自分が甘いのか、それとも彼の魅力故なのか――。

『潤、君がどんなに私を忘れたくても、運命が忘れさせてくれないよ。何しろ私は、君の子の父として選ばれたのだから』

非情になり切れない自分との闘いを繰り広げていた潤の耳に、しばし黙っていたツァーリの声が飛び込んでくる。

意味がわかるようでわからず、聞き間違いを疑ううちに、小さな画面の中の彼が笑った。

傷つけてしまったのでは……と気にする潤の気持ちを余所に、この上なく幸せそうな微笑を浮かべている。

『私が君を選んだだけでは、終わらなかった。君が私のことをどう思っているかは関係なく、君の運命は私を選んでくれた』

「……は？　あの、すみません……何がなんだか、わからないです。今、なんて？」

『血が惹きつけるものがあったのだろうね。海で孵化したはずの彼は、自らの力でバイカル湖までやって来た。君によく似て、とても可愛い男の子だよ』

君の子の父、という発言から、もしかしたらそういう話をしているのではないかと、答えを聞く前に働き始めた思考を止めたかった潤は、ツァーリの言葉に打ちのめされる。

その件は完全に終わったはずで、ガーディアン・アイランドで検査を受け、何事もなくて大喜びしたあの時のままでいい。

誕生日に再検査を受け、それも問題なかったというのに、何故また蒸し返されるのか、その理由に行き着いてしまうのがたまらなく嫌だった。

「マーマ！」

聞き返すのが怖くて固まっていた潤は、ノックの音と慈雨の声に振り返る。

居竦まる氷の像から一転、急に体が柔らかく溶けたかのようだった。

慈雨が割り込んだところで癒やされる状況ではないが、それでもたちまち空気が変わる。

『ではまた』

「え、あ！」

時計の箱は瞬時に静まり、ツァーリの姿を映しだしていたディスプレイは鏡に戻った。

サスティナブルな印象を持つ木製腕時計の裏側を映すばかりで、声をかけても何も返ってきそうにない。

「マーマ！」と再び聞こえてきたので、潤は箱の蓋を閉じて抽斗に戻した。

扉を開けると慈雨が立っていて、むすっと顔を顰めている。

潤がしゃがむのを待たずに、「かくえんぼらよ！　かくえんぼ！」といきなり怒鳴って床を片足で何度も踏んだ。

「ああ……ごめん慈雨、かくれんぼしてるつもりじゃなかったんだけど……まだもしもしする用事があるから、皆と遊んでてくれる？　もうちょっとで終わるから」

明るい金髪で覆われた慈雨の頭を撫でると、またツァーリの声が聞こえてくる。

時計の箱の中からではなく頭の奥底から、『君によく似て、とても可愛い男の子だよ』と、そういわれた。

アルバムに残されている幼い頃の自分の顔と、今の慈雨の顔が瞼の奥で重なる。

慈雨のような子が他にもいると、ツァーリはそういいたかったのだろうか。

その子はツァーリとの子で、肌は白く、より一層自分に似ていたりするのだろうか。

通信が切れた今になって、思いだす言葉がいくつもあった。

『海で孵化したはずの彼は、自らの力でバイカル湖までやって来た』

ツァーリは確かにそういっていた。

「マーマ！　はいく！」

「慈雨、ほんとにごめん、すぐ終わらせるから」

ぐいぐいと袖を引く慈雨をなんとか躱した潤は、扉を閉めてすぐさま端末を手にする。

まだ確証はなかったが、『海で孵化した』といわれると、突然の胃痛に襲われた夜の記憶がまざまざと蘇ってきた。

コテージのテラスの外に流れていたのは、小川に見える海水だった。

そのまま海と繋がっているあの水の中に、赤と白の何かを吐いたのを憶えている。

暗かったうえに嘔吐の際の涙で滲んで見えたものの、血混じりだったのは間違いない。

赤は当然血液で、急性胃炎の出血によるもの。白は直前に飲んだ可畏の精液――今の今まで、それ以外の可能性など考えてもいなかったが、ツァーリの発言からすると、精液と一緒に白く小さな卵を吐いたということなのだろうか。

——固形物が喉を通った感覚なんてなかった気がするけど、でも、もしも凄く小さい状態で胃壁から剝がれたんだとしたら、色々と説明がつく。あの痛みは……慈雨や倖の卵が胃壁から剝がれた時に似ていた気もする。それに比べたら独りで耐えられるくらい軽かったけど、卵が小さくて一つだけなら、慈雨達の時より痛みが少ないのは当たり前だし……それに、今思うとオジサンの言動が……。

衝撃に揺れる心とは裏腹に、手指は速やかに動いて通信機の画面を滑る。

クリスチャン・ドレイクの名を表示させるなり強く叩き、呼びだしを開始した。

その最中に時差のことが頭を過ったが、やめる気にはなれない。

遠慮するどころか、クリスチャンが出たら何をいうべきかを早急に考えた。

——しらばっくれないよう、鎌をかけた方がいい。ツァーリが嘘をついてるとは思えないし、おそらく嘘つきはオジサンの方だ。あの人はガーディアン・アイランドでの検査の時に、俺や可畏に嘘をついたんだ。思えばやたらと機嫌がよかったし……あの人は、俺達にとって平和かどうかよりも、レアやハイブリッドが誕生することを喜ぶ人だ。俺の胃にツァーリとの卵が出来てない状況なんて、オジサンにとっては何も面白くない。あの結果に、上機嫌になるはずがなかったんだ。

可畏も自分と同じく、クリスチャンを信じてしまったのだろう。

誕生日会までの可畏は、警戒はしつつもそれなりに穏やかな精神状態にあった。

潤への未練を匂わせるツァーリとは事実上の引き分けに終わり、色々と不安は残るものの、ツァーリとの卵が存在しなかったことで安心できた部分があったのだ。

——それなのに、誕生日の夜にオジサンが突然来て再検査を求めた。それをきっかけに俺が海水に嘔吐したのを知った可畏は、オジサンの嘘を見抜いたんだ。今の俺以上に、オジサンを信じた自分を嫌悪した。もちろんオジサンのことも、ツァーリのことも、全部……。

妻にも等しい自分の恋人が、他の男に拉致されて孕ませられた挙げ句に、その事実を実父に隠された。

その二つだけでも十二分に心抉られる痛手だが、潤が胃痛で吐いたことを隠していた件も、可畏からしてみれば「気づいてやれなかった」という自責に繋がっている。

そんな可畏の苦悩を知らないまま、彼の目の前で絶対不可侵権に飛びついてしまった自分を、本気で張り倒したい気分だった。

『——やあ潤くん、君からなんて珍しいな』

通信機からクリスチャン・ドレイクの声がして、その瞬間、マッチを擦ったように胸の中に火が点いた。

にやけた顔が思い浮かび、張り倒すのはもちろん、蹴り飛ばしたい衝動に手足が疼く。

クリスチャンの性分は知っていて、人間的に見て人でなしなところがあることも、天才だということもわかっているつもりだった。類い稀な才能に救われてきたことには感謝しているし、尊敬している面もある。そもそも可畏の父親なので、大切に思う気持ちは当然あった。

しかし何をされても許せるわけではない。今回の嘘はあまりにも酷い裏切りだ。

「オジサン、可畏から全部聞きました。俺の胃にはツァーリとの卵が出来ていて……それを、海水に向かって吐きだしてたんですね。あの時どうして俺を騙したんですか？　なんで正しい検査結果をいってくれなかったんですか？」

僕は何も知らないよ――などといわれないよう、途中までは言葉を選んでいた潤だったが、最後は感情的になってしまった。

どうして、なんでと訊けば、返ってくる答えはわかり過ぎるくらいわかり切っている。

クリスチャンの動機は、いつだって非常にシンプルだ。

『騙した理由については、聞くまでもないだろう？　しかし責められる謂れはないよ。君達は僕をマッドサイエンティストのように思ってるだろうけど、僕は僕なりにハイブリッドの命を守りたかったんだ。君のお腹に他の雄の卵が宿ってるなんて知ったら、可畏が怒り狂って、摘出しろっていいだすのは火を見るより明らかだからね』

勝手に決めつけないでください、可畏は貴方とは違う――と反論したがる唇を、潤は慎重に引き結ぶ。感情任せに迂闊なことをいえば、鎌をかけるためについた嘘がバレてしまう。

同時に、信用ならないクリスチャンにこちら側の情報を伝えることになるのだ。

『まあ結局のところ皇帝竜との卵は駄目になったようだし、可畏も喜んでるみたいだから問題なしってことでいいじゃないか。結果オーライってやつさ。僕としては残念だし、まだ完全に諦めたわけじゃないけどね』

「――ッ」

開き直るクリスチャンに「……え?」と返しそうになった潤は、事前に唇を引き結んでいたおかげで救われる。なんとか無言を通し、歯を食い縛るだけでこらえた。

――誕生日の夜、オジサンがさっさと島に戻ったのは、俺が吐きだした卵を探すためだってことは察しがついてたけど、その先がよくわからなかった。オジサンは結局、卵の殻とか何か、子供の痕跡を見つけられてないのか? 俺の喉を通れるくらい小さな卵は、それでもちゃんと成長して、オジサンに見つからないほど遠くまで行った。どこで孵化したのかわからないけど、ハワイからロシアへ……しかも海から湖に移動したってことは、泳ぐだけじゃなく歩けるってことか? それくらい成長が早くて……今は、ツァーリに保護されてる?

これまでの経過を一気に推測した潤は、実際の光景を想い描く。

自身が人魚化して潜水や遠泳ができるようになったこともあり、泳いで長距離移動するのは現実として受け入れられた。慈雨や倖の孵化も目に焼きついており、ツァーリの血を引く卵が異様に早く孵化するのも理解できなくはない。

――俺が理解できないのは……卵が駄目になったと思っているらしい可畏が、喜んでるって部分だ。

潤は卵が出来ないことを心から願ったが、出来てしまった命を殺す選択はできない。

望まない卵が出来ていた事実以上に、知らずに海に吐いてしまったことの方がショックで、死なずに生き延びていると聞けば、どうしたって「よかった」と思ってしまう。

命ある物が存在したと知った以上は、それが自分の正常な反応だった。

その子の父親が誰であろうと同じで、ほっと胸を撫で下ろすことに変わりはない。

「可畏は、そんなに喜んでました？　俺の前では、そんな素振り見せなかったんですけどね」

訊きながらも知りたくなくて、いっそ曖昧なまま終わらせたくなる。

しかしこの件は終わった話ではなく、今後も続くものだ。

人間的になっていても、やはり人間ではない可畏の感覚を……この件に関する正直な想いを、事前に知って覚悟を決めておく必要がある。

おそらくクリスチャンや可畏は、「卵が見つからないから駄目だったんだろう」と判断し、クリスチャンに至ってはまだ希望を捨てていないのだろうが、卵の行方はもうわかっている。

――オジサンが探しても見つからなかったのは、卵が小さ過ぎたからか、予想を超えるほど早く孵化したからだ。

卵が駄目になったと判断した可畏は、今本当に喜んでいるのだろうか。

ツァーリの血を引く卵が死んでよかったと、そう思いながら仕事に励み、この先も、何事もなければ知らない振りを続ける気でいるのだろうか――。

『可畏も喜んでるっていうのは、冗談だけどね』

「冗談？」

『僕なりの推察といったところだな。可畏は君の誕生日の翌朝、僕が日本を発つ前に連絡してきてね。「卵を見つけて内密に始末しろ」と、僕にそういったんだ』

「……内密に、始末」

『そう、確かにそういったんだけどね。でも僕が見つけた場合、大人しく始末するわけがないことくらい可畏は承知の上だろう？』

「──っ、それは、つまり、可畏の最大限の譲歩ってことですか？　オジサンが卵を見つけて孵化させても、俺達には知らせず、もちろん組織にも知らせず、ガーディアン・アイランドで秘密裏に育てろって、そういうことですか？　そういう意味になりますよね？」

『察しがいいね、それで合ってると思うよ。ただし可畏の一番の望みは、孵化できずに死んだ卵が発見され、君と皇帝竜の関係が後腐れなく切れることだった。卵が見つからない状態だと生きてる可能性も多少残ってしまうから、一生スッキリしないだろうね』

「一生……」

可畏の父親であり、同じティラノサウルス・レックス竜人でもあるクリスチャンの言葉は、潤の甘い考えを木っ端微塵に砕くものだった。できることなら、「可畏は貴方とは違う！」と突っ撥ねたいが、それは傲慢だ。自分の尺度でしか考えない人間の無責任な期待に過ぎない。

研究第一のクリスチャンと、家族を心から愛する可畏では考え方が違うが、しかしこの件に関しては、残念ながらクリスチャンの推察の方が現実に即していると認めざるを得なかった。

可畏にとって、ツァーリと潤の間に出来た卵は家族でもなんでもないからだ。

潤ですら、「出来ていませんように」と切に願った子を、可畏が「孵化しませんように」と強く強く願ったからといって、どうしてそれを責められるだろう。

——頭では、わかってる。ただ、やっぱりショックではあるな。可畏にいってほしい理想の言葉が、俺の中には存在してるんだ。出来てしまった以上、「お前の子ならそれでいい」とか、「誰の子でもいい、俺達で育てよう」とか、そういってほしい夢見がちな自分がいる。いや、これはもう夢見がちっていうより、あまりにも身勝手な期待だ。可畏の人格や気持ちを完全に無視して、穏便に済むように……自分の価値観を押しつけてるだけだ。

またしても自己嫌悪。積もり積もって吐き気が込み上げてくる。

顔や首の筋肉が酷く疲弊し、息を吸う動作すら重く感じた。

口を開けるのも億劫(おっくう)になり、早く電話を切って座り込みたくなる。

ベッドに身を任せ、何もかも忘れて気を失うように眠りたい。

——目が覚めたら、ツァーリとの会話も新しい卵の件も夢でした……ってことになってるといいなって、そう思うんだから、俺も同罪だ。慈雨と倖の誕生が夢だと思い込まされた時は、到底受け入れられなくて絶望したのに、三番目の子は夢であってほしいと願うんだから。

夢であればと願う罪の深さに気づくことで、理想とは違った可畏の気持ちが見えてくる。

自分は可畏よりも攻撃性が少し低いというだけで、根本的なところは大して変わらない。

今の家族を何よりも愛していて、これ以上を望まず、幸福な日々を乱されたくなかった。

このままでいたい、波風を立てずに守りたい。そこはまったく同じなのだ。

『潤くん、もしもし？　聞こえてるかい？』

「……あ、はい、すみません。聞こえてます」

『問題の卵の件だけど、今でも捜索は続けてるんだ。検査時には一般的な真珠大だったからね。それを海底から探すのは半端じゃなく難易度が高い。高性能探索器を何十台も使ってるけど、念のため蛟くんに命じて、霧影島の水竜人を総動員させたんだ』

「蛟や、水竜人を？」

『蛟くんは新しい卵の血縁者みたいなものだし、いい結果に繋がるかと思ってね。残念ながら何も見つかってないけど』

そうですか……と答えようとした潤は、蛟の名を出されたことで、はっと閃く。

クリスチャンの言葉通り、潤が作りだす卵には蛟の影響が必ずある。

慈雨に至ってはいうまでもないが、孵化後に溺れた倖ですら、卵生の竜人である以上、蛟の遺伝子も確実に受け継いでいるのだ。

――そうだ、それなら、もしかしたら……。

クリスチャンが知らないスピノサウルスの秘密を知る潤は、混沌の中に光明を見いだす。

正直にいえば望んでいなかった方向に進んでしまった運命に、一つの救いを求めた。

神様でも仏様でもなんでもいいから、可畏にとってよい軌道修正ができますように、どうかお願いしますと、祈らずにはいられない。

「マーマ！」

再び外から扉を叩かれ、潤は怒り混じりの慈雨の声に我に返る。

ずっと待っているとは思わなかったのであまり気にしていなかったが、待っていたなら長いこと我慢させ過ぎてしまった。自分を騙したクリスチャンに礼を尽くす気分でもないので、「それじゃ、動きがあったら連絡ください」と、一方的に通話を切る。

「慈雨、ごめん。ちょっと長くなっちゃって」

「マーマ！　かくえんぼ！　コーたんね、ないないなの！　ろこ!?」

「……え？　何、かくれんぼって……俺のことじゃなくて、倖のこと？」

扉を開けた先に待っていたのは、先程に輪をかけて機嫌が悪くなっている慈雨だった。

潤はしゃがむのも忘れるほど焦り、無意識に廊下を見回す。

普段は目線の高さを子供に合わせて話すよう心掛けているが、今はむしろ背伸びをして外の様子を窺った。

「コーたん、ろこよ!?　ろこ!?」

「どこって……かくれんぼしてて、見つからなくなったってこと?」

廊下の先のリビング側から、生餌達の声が聞こえてくる。

「倖様ー」「倖様ー、どちらですかー?」と、三号や四号が声を張り上げていた。

子供に向けた声かけではあったが、そこに潜む焦燥が伝わってくる。

恐竜の影を背負う竜人達の間ではかくれんぼという遊びが成り立たないため、彼らは慈雨や倖とかくれんぼをして遊ぶのをいつも楽しんでいる。

こんなに焦った声かけは初めてだった。

――皆でかくれんぼして遊んでて、倖だけ見つからない? 皆が焦るくらい、ずっと?

ツァーリからいわれた数々の衝撃的な言葉よりも、クリスチャンから告げられた可畏の本音よりも、倖を捜す生餌の声や、「コーたん、ないないよ!」という慈雨の怒声の方が、遥かに深く潤の心に食い込む。

また何か悪いことが……しかも今度は倖の身に起きたのかと思うと、液体窒素をかけられて瞬時に凍らされた心臓を、卸し金でガリガリと削られる心地だった。

実際には凍りつきも止まりもしない心臓は、体中に勢いよく血を巡らせているはずなのに、手足や顔が急速に冷たくなる。

足元に向かって一滴残らず、血を引き下ろされる感覚だった。

「こ、倖を……捜さなきゃ……慈雨、場合によっては、水鏡を……」

何が起きようと、絶対に理性的でいなければいけない。

こういう時、パニックを起こせば起こすほど悪い結果を招いてしまう。

そういい聞かせて平常心を取り戻そうと必死になった潤は、一度は壁に肩を預けるものの、すぐに立て直して慈雨の手を引く。

まずは廊下を進み、小走りでリビングに向かった。

ユキナリが「一号さんっ、かくれんぼしてたんだけど、倖様が見つからなくて！」と明らかに狼狽(ろうばい)している。

彼にしては珍しいことで、それが一層、潤の心音を速めた。

「ごめん、ずっと電話してて……っ、倖は隠れる側だよね？　外に出た可能性は!?」

「ない、絶対ない！　だって主扉には見張りがいるし、窓は全部、ロック外しただけで警報が鳴る設定になってるもん！」

「それにかくれんぼのルールを決めてあるんですよ！　倖様に関しては高い場所もＯＫだけど、主扉の外に出ちゃいけない決まりなんです。慈雨様ならともかく、倖様がルールを破るなんてあり得ません！」

ユキナリと三号の言葉に、潤はニコライ・コトフの顔を想い浮かべる。

瞬間移動の能力者が倖を攫ったというのは考え過ぎだと思いたいが、室内を引っ繰り返して捜し回る生餌達の姿を見ると不安が加速した。

何より慈雨が倖を捜さず、「コーたん、ないないよ！」と怒って訴えているのが気になる。慈雨が決めてかかっている以上、この場に倖はいないのかもしれない。

こういうことに関しては、楽観的に考えずに最悪のケースを想定して動いた方が賢明だ。

「捜さなきゃ……っ、俺の端末なら倖のＰＧＰＳを辿れる！」

潤が声を張り上げると、生餌達は「でもっ」「絶対出てませんよっ」と否定的な反応をして、宙に浮ける倖が見つけにくい場所に隠れている可能性を捨て切れない様子だった。

ただしユキナリだけは、「一号さん、早くして！　今すぐ調べられるの一号さんの端末だけなんだから！」と潤を急かした。

他の生餌らも結局はユキナリに合わせて、「急いで急いで」といいながら集まってくる。

──かくれんぼが上手なだけならいいけど、もしも誰かに連れ去られてたら……っ、まずは可畏と連絡を取って話して、それから……でも、可畏がどんなに急いだってすぐに帰国できるわけじゃない。

まだ開けていない戸棚かどこかで、隠れ疲れた倖がすやすや眠ってしまっただけならいいと、全身全霊で願わずにはいられなかった。

そもそも自分が悪いのだ。最初に慈雨が「かくえんぼらよ！　かくえんぼ！」と怒っていた時点で、「ママ、こんなところに隠れていたら駄目だよ。一緒に遊んで！」といわれていると勘違いしてしまった。

本当は、「倖が隠れて見つからない」と訴えたかったのだろう。

自分がもっと真剣に向き合っていれば、慈雨はさらに詳しく話してくれていたはずだ。

「——っ、居場所、わかった……この寮の、外に……え、でも近い。すぐそこにいる！」

ニコライ・コトフ本人か、彼に近い能力を持つ何者かに誘拐され、二キロ以上離れた場所にいるかもしれないという悪い予想は、ひとまず半分ほど外れていた。

倖のベビー服や靴に付けてあるPGPSチップが示したのは、学院の敷地内だ。

「一号さん、これって、アスレチック？」

潤の通信機をユキナリが覗き込むと、それだけで警告が表示される。

地図の中心が見えなくなったが、すでに場所は確認済みだった。

ユキナリがいう通り、直前に示されていたのはアスレチックに間違いない。

「あしゅれっく⁉」

「そうみたい。慈雨、あしゅれっくまで走るから抱っこするよ！」

いうなりすぐに万歳をする慈雨を、潤は腰を入れて抱き上げようとする。

見た目の二倍は重い慈雨を抱いて移動するのは厳しいが、手を繋いで階段を駆け下りるのはもっと無理のある話だ。

「一号さん、僕が抱っこするから先に行って！　人間は遅いんだから！」

「ユキナリ……ごめん、お願いする！　慈雨、にごたんに抱っこしてもらって」

慈雨は「あい！」と了承し、二号にひょいと抱き上げられた。

「念のため三号さんと四号さんもついてきて！　五号さんは残って辻さんに連絡を！　可畏に伝えるよういって！　悪いけどよろしく！」

潤は生餌達に指示を出し、すぐに全力疾走する。

身軽な状態なら、段を飛ばし飛ばし猛スピードで階段を下りることも可能だった。人間としては運動神経がよくバネもあり、生餌達にも後れを取らない。

寮から飛びだすと、もう梅雨入りしたかと思うような曇天が垂れ込め、太陽が朧月のように霞んで見えた。

時間のわりに暗く感じる空は見た目に気持ちのよいものではなかったが、水竜人寄りの体を持つ慈雨にとっては、むしろ好天ともいえる。

──マイナス面ばかりじゃないんだから、悪い予兆だとか決めつけない方がいい。急いでもパニックを起こさないよう、冷静になろう。慌て過ぎたら駄目だ。いったい何が起きてるのかわからないけど、慈雨の様子は単に怒ってるだけみたいだし……だからつまり、大丈夫。倖は危険な状態にはない。絶対に大丈夫だ！

寮を出てアスレチックに向かって走った潤は、関係者以外立ち入り禁止の囲いの内側に目を向ける。塀と高い木々があるため遊具は見えないものの、それなりに大きな恐竜の影があれば見えるはずだった。

——恐竜の影はない。少なくとも大型種はいない。たぶん中型も！

倖は独りでいるか、誰かと一緒にいるなら、なりそこないか小型恐竜の竜人と一緒にいると考えられる。残る可能性は人間くらいだ。

「念のため、ここからは黙って静かに行こう」

潤は倖の名を呼んだりしないことに決め、生餌達に告げた。

アスレチックの門に端末を翳すと電子ロックが外れ、囲いの中に入れるようになる。

倖が新たな能力に目覚め、なんらかの方法で部屋を抜けだしてここまで飛んできたという、拍子抜けで、今後のために歓迎できる展開を心底願った。

大人しく真面目な倖がルールを破って独りで抜けだし、アスレチックで遊びたがるとは思えなかったが、それでも願わずにはいられない。

——ブランコが……揺れてる……っ、誰かが！

潤は端末が示すポイントに向かって、なるべく静かに走り寄る。

二つあるブランコのうち、一つが大きく揺れていた。

入り口から向かうとブランコの斜め前から迫ることになるため、漕ぐ人物の顔まで見える。

——子供だ……恐竜の影を持たない、子供。五歳とか六歳とか、そのくらい？

駆け寄りながら潤の視力が捉えたのは、子供の体格と大まかな服装、髪の色、肌の色くらいだった。それだけで十分に、普通の子供ではないのがわかる。

——銀色の髪に、浅黒い肌⁉

日本人とはかけ離れた見た目の幼児或いは少年は、銀のオカッパ頭の少女にも見えた。

しかし服装からして男児と思しき彼は、白と紺のセーラーシャツにシックな紫のネクタイを締め、ハーフパンツを穿いている。真っ直ぐ伸ばされた脚は細く、ソックスガーターで靴下を固定し、如何にも質のよさそうな靴を履いていた。

少年は片手でブランコの綱を握っていて、もう片方の手では倖をしっかりと抱いている。

——倖！

二人共、とても楽しそうに笑っていた。

少年は倖の耳元に何か囁いているようだった。

それは「もっとスピード出す？　楽しい？」といった、他愛ない会話なのかもしれない。

倖は「うん！」だの「もっとー」だのと返している様子で、終始キャッキャッと大喜びで、家族と遊ぶ時と同じようにはしゃいでいた。

——慈雨にそっくりな色の、カフェオレみたいな肌……まさか、この子が……そうなのか？

慈雨や倖より、四歳くらいは上に見えるのに……本当に？

ブランコに近づくと、慈雨が「おんり！　にごたんっ、おんりよ！」とユキナリに要求し、地面に下ろされる。

潤はすぐに慈雨の手を握り、勝手に飛びださないよう力を籠めた。

「一号さん……あの子、誰？」

慈雨に続いてユキナリが、声を出さない約束を破る。

どのみち銀髪の少年は疾うにこちらに気づいていた。

ブランコは相変わらず揺れ続けていたが、表情の変化は見て取れる。

少年の顔から子供らしい笑みが消え、今は無表情とも微笑とも取れる表情に変わっていた。

お世辞にも子供らしいとはいえない目で……それも、ツァーリにそっくりな紫色の双眸で、

潤に視線を向けている。

「マーマ、ジーくんっ」

緊迫した空気をまったく感じていない倖が、少年の膝の上で両手を振った。

至極普通に、「ブランコ楽しいよ！　一緒に遊ぼう！」といいたげな笑顔で、少年が勢いをつけると嬉々として声を上げる。

——自分が見てるものが信じられないけど……間違いない。子供の頃の俺に、そっくりだ。

あちこち色は違うのに、それでもわかる。この子は、俺の子だ！

百聞は一見に如かずという通り、自分に三人目の子がいるという事実が急に現実味を増す。

幼児といえるほど幼い少年に我が子を抱っこされていても、潤は何も怖くなかった。

少年の腕は、潤が倖を抱いてブランコで遊ぶ時と同じように、倖の体をホールドしている。

滅多なことでは外れないよう、掌や指先にまで神経が行き届いているのが見て取れた。

何よりも先程の二人の笑顔と楽しそうな声、醸しだす空気が、兄弟のそれでしかない。見た目には兄と弟が逆だが、二人が血の繋がった兄弟であることに変わりはなかった。

——俺が、あの島で吐きだしてしまった卵が、海で育って孵化して、ロシアまで行ったんだ。ツァーリの言葉が事実なら、血に惹かれてバイカル湖に向かい、ツァーリの力によってエリダラーダに引き込まれて……服や靴や、他に必要なものを……与えられたんだ。

少年はブランコを止めず、倖を返してもくれない。

潤は彼に話しかけたかったが、何をいっていいのかわからなかった。

初めてかける言葉だから、適当には済ませられなくて……そのくせ涙が勝手に目を潤ませ、少年の顔を見えにくくする。

彼を海に吐きだしてしまったことを、まず謝るべきだと思った。

一方で、親子が交わす最初の言葉が謝罪ではいけないとも思う。

慈雨と倖に対して常に持っている想いは、「生まれてきてくれてありがとう」という感謝の念だ。それと同じ想いを彼に対して持っているかといえば、少なくとも今のところは同じとはいえない。

卵が出来ていた以上、無事に生きていてくれてよかったと思うけれど、出来ていないことを強く望んでしまった身で、「生まれてきてくれてありがとう」なんて、あまりにも変わり身が早過ぎる気がした。

好きでもない男に子種を仕込まれ、妊娠していないことを望むのは一般的な考えで、罪でもなんでもないはずなのに、少年を見ていると、自分が彼の存在を直接否定した気分になる。

どの面下げて何をいえばいいのか決められず、最初の一言が出てこなかった。

「コーたん、おそとれちゃらめれしょ！」

「……ッ！」

強く握っていた手は、涙腺と共に緩んでいたのか——一瞬にして慈雨の手が擦り抜ける。咄嗟に動いたつもりだった。

実際確かに動いたのに、潤の指先は慈雨の髪に触れることもできず、空を掠める。

「慈雨……っ、ぁ！」

いざという時がっちりと摑めるよう、ベビー服の背中がクロスした物を着せていて、そこを狙った潤の手は勢い余って地面に向かう。

まずいと思った時には遅く、肘と膝から土の上に転がり落ちた。

痛みよりも先に、「慈雨様！」「一号さん！」と、生餌達の声が耳に届く。

「コーたん、らめよ！　コーたんはジーウとあしょぶの！」

「慈雨！　駄目っ、止まって！」

だるまさんがころんだ——と、子供達の動きを止める魔法の言葉を叫べば、止まってもらえたのか否か。それが潤の口に上る前に、慈雨はブランコの前に飛びだしていた。

「慈雨――ッ！」

生餌達が追いかけても、立ち上がって潤が追いかけても届かないほど、慈雨は速く走る。

次の瞬間、目を疑うようなことが起きた。

ブランコに乗っていた少年と倖が消えたのだ。

いきなり身軽になった木の板は、無情に弧を描く。

少しばかり斜めになり、まるで踊るように自由に動いたそれが、慈雨の側頭部に直撃した。

一瞬の消滅に続く、一瞬の衝撃。

ゴッと鈍い音が響く中、慈雨は容赦なく撥ね飛ばされる。

小さな体が、ブランコエリアを囲む木枠にぶつかった。

どんよりとした空に向かって、「ギャーッ！」と悲鳴が上がる。同時に血飛沫（ちしぶき）も上がった。

「慈雨！　慈雨――ッ！」

泣き叫ぶ慈雨の声や、潤や生餌達の声に重なるように、倖もまた、「ビエエエェーッ！」と激しく泣く。

銀髪の少年と共に消えた倖は、今も彼に抱かれながら、ブランコエリアの外側にいた。

わずか一秒か二秒の間に、少年と倖は約十メートル離れた場所に移動していたのだ。

いったい何が起きているのか理解不能で、狐（きつね）につままれたように惑乱しながらも、潤は倖の居場所を確認するなり慈雨に全神経を向ける。

——慈雨！

最早誰が誰だかわからず、目の前に見えるすべてのものを手当たり次第に掻き分けた。

慈雨のもとに駆け寄り、何度も何度も名前を呼ぶ。

金色の髪もカフェオレ色の肌も血塗れで、濁音がついた泣き声に耳を劈かれた。

意識がないよりはましだとわかっているが、「ギャアァァ——ッ！」と泣き喚く慈雨の声は尋常ではない。

「慈雨、慈雨！」

頭を打ったことを考えると迂闊に抱き上げられず、潤は地面に横たわる慈雨の手足を摩り、「慈雨っ、大丈夫だよ！　俺が……ママがいるよ！　大丈夫だからね！」と声をかけた。

何が大丈夫なのか、自分がいるからどうだというのか、いっていることが支離滅裂で意味がないように思えて、気づけば「お願い……お願い……」と繰り返していた。

慈雨の後頭部に腕を滑り込ませた潤は、大きく動かさないよう慎重に抱き上げながら、倖の気配を頭上に感じる。

「ジーくん！　ジーくん！」

またもや瞬間的な移動——そう思いかけたが、これは倖自身の力によるもので、低速飛行の移動だとわかった。

少年と離れ、独り宙を飛んで戻ってきてくれた倖を、潤はすぐさま引き寄せる。

　慈雨も倖も手の中に収めることで、こんな時でもいくらか落ち着くことができた。

　銀髪の少年が倖を傷つける可能性はゼロに等しいと直感的に判断していたが、少年の意図がなんであれ、やはり子供達は自分の手元に置いておきたい。

「慈雨……っ、慈雨、しっかりして！　倖も来てくれたよ！」

　これから何をすべきか早急に考えなければならない潤の耳に、「——慈雨！」と、突然太く重たい声が届く。幻聴と考えるには、あまりに明瞭な声だった。

　——え？

　とても低く、雄々しく、そして頼もしい声。

　潤が無意識に求めていた声が、もう一度聞こえてくる。

　誰よりも今ここにいてほしい人の声で、「慈雨！」と、愛しい我が子の名を呼んだ。

　俄には信じられずに振り向くと、駆け寄ってくるスーツ姿の偉丈夫と、暴君竜の巨大な影が見える。

　超進化にさらなる進化を重ね、以前にも増して威圧的な恐竜の影は、紛れもなく世界最大の暴君竜、竜嵜可畏のものだ。

　——可畏？

　生餌達が「可畏様！」と声を上げ、倖も「パーパ！」といっているのに、潤は一人遅れて、夢か何かだと疑っていた。

超巨大恐竜の影すらも、雨雲を見間違えた気がして、痛くなるほど目を見開いて確認する。

「慈雨！　大丈夫かっ、慈雨！」

これは現実ではなく、可畏はやはりアメリカにいて、今見ている彼は幻なのでは……そんな不安を振り切るように、背中を叩かれた。ばしりといささか乱暴だったが、その大きな手が、肉と骨を持つ確かな実体として、自分を強く引き寄せてくれる。

それどころか潤が抱いている慈雨も倖も纏めて抱いて、広い腕に包み込んでくれた。

可畏は「頭を打ったのか⁉」と潤に訊くなり、「慈雨っ、意識はあるな⁉　慈雨、俺の声が聞こえるか⁉」と慈雨にも語りかける。

「ブランコに、ぶつかって……っ、そのあと、柵にも……」

状況を説明するために絞りだした声は、自分の声とは思えないほど震えていた。

ぐっと背中に食い込む掌から、可畏の体温が伝わってくる。

温かく逞しい腕に掻き抱かれると、家族という纏まりとしての強さや結束を感じた。

この四人で一つなのだと、いくら可畏が大柄でも、しっかりと囲い込めるのは、潤と慈雨と倖だけなのだと——形にして示すかのような抱擁に、注がれる視線がある。

「お前は……！」

可畏はブランコエリアの外側に立つ少年を睨み、少年もまた、こちらを見ていた。

普段は黒い可畏の目が、たちまち赤みを帯びる。

我が子に大怪我をさせたのが誰なのか、それを察するなり湧き上がる憤怒は、殺意となって少年に向けられた。

「可畏……っ、違うんだ！　わざとじゃない！」

事故の瞬間、一瞬で潤の脳裏に焼きついた光景は、ブランコの板が慈雨の頭を直撃した時のものだった。その直前のこともはっきりと憶えている。

少年は、ぶつかる前に確かに消えていた。

そのまま乗っていたら慈雨を蹴ってしまうと思い、おそらくは彼の能力で、十メートルばかり先まで移動したのだ。結果的にブランコは勢いを増して慈雨にぶつかってしまったが、それは咄嗟の判断ミスで、少年の意図するものではなかったはずだ。

「可畏、あの子は悪くない！　避けてくれたんだ！　慈雨が急に飛びだして！」

今も揺れ続けるブランコが、キシキシと軋み音を立てている。

木枠で大方包囲されたエリアの向こうに、少年は今も独りでいた。

つい先程まで、倖を抱きながら幼気な笑顔を見せていたのが嘘のようだ。

今の彼は表情を完全に固め、感情を塗り込めて微塵も漏らさない。

「あ……！」

唐突に少年は消えて、次の瞬間には他の遊具の前に姿を現した。

約二十メートル先のターザンロープの前だ。少し膝を曲げた姿勢で立っている。

潤が声をかけようとすると、少年は再び消えた。

ターザンロープの前にいたのは、時間にして三秒か四秒といったところだ。

潤はきょろきょろと周囲に目をやるが見つからず、少年は今度こそ本当に消えてしまった。

「……瞬間移動？」

あの子はニコライ・コトフと同じ能力の持ち主なのだろうか——驚愕しながら呟いた潤に、可畏は「違う」と否定した。

「ギリギリだが、俺の動体視力では軌道が見えた。アイツはニコライ・コトフのように空間を歪めて移動してるわけじゃない。瞬発力が半端ねえんだ」

可畏は潤が辛うじて聞き取れるほどの早口でいうなり、慈雨に向かって「慈雨っ、俺の声が聞こえるか!?　慈雨！」と呼びかける。

慈雨は潤と可畏に支えられながら今も泣いていたが、「ギャアーッ！」という異常な悲鳴は変化していた。ぐずった時に近い「ビエエェエーッ」という泣き方になっている。

「慈雨、よく聞け！　もう大丈夫だ、傷は塞がってる。いいか、もう痛くないんだ」

可畏はそういって、潤が怖くて触れられなかった傷口に触れた。

髪と血が邪魔して今どういった状態なのか潤にはわからなかったが、重篤か否かは泣き方で判断がつく。

「うー……ちあうよ！　ちあう！　いちゃいもん！」

慈雨はパチリと目を開けるものの、可畏を睨み据え、「いちゃいの！　ジーウいちゃいの！　ゴーンちたのよ！」と可畏に抗議した。まだ痛いのに「もう痛くないんだ」といわれて怒っているものの、いつも通り気の強そうな話し方で、目力もしっかりとある。

「慈雨、よかった……っ、ほんとに……！」

無事どころか元気といえる慈雨の様子に、潤は涙を零しながら胸を撫で下ろす。

後ろに控えていたユキナリ達も大喜びしたが、慈雨としては、自分が痛いのに皆が笑うのが気に入らないらしく、「いちゃいの！　ジーウ、ゴーンちて、いちゃいの！」とさらに激しく痛みを訴えていた。

慈雨の復活に倖も泣くのをやめ、「ジーくん……っ、ちぃが、ちぃがでてゆ、ちぃがぁ」と悲しげにいったかと思うと、「いちゃいのいちゃいの、ないないちてね……ジーくん、ちゃくないよ、ちゃくないよぉ」と懸命に励ます。

倖の前では兄としての立場が強くなるのか、慈雨はぶつけた側頭部に手をやりながら、急に笑顔を見せた。憮然とした表情から一転、「ちゃくないよ！」と叫ぶ。

「ジーウ、じぇーんじぇんちゃくないよ！　ジーウ、にいたんらもん！」

「慈雨……ああ、ほんと……よかった」

慈雨が笑ったことでようやく潤の緊張は解け、ずっと息を止めていたかのように酸素が体を巡りだす。いつの間にか全身の筋骨が凝り固まり、関節人形にでもなった気分だった。

「倖……さっきの子は？」

慈雨が「にいたん」といったことで、潤はあの少年の立場を改めて考えさせられる。

顔立ちは自分の幼少期にそっくりで、カフェオレ色に近い肌は可畏の父方のドレイク家から、銀の髪と紫の目はツァーリから取ったと思われる少年は、ほぼ確実に慈雨と倖の弟だ。

二人より四つばかり年上に見えたが、それでも弟に間違いない。

「あのね、うーんとね……ミロくんらよ」

「ミロくん？」

「んっ、ミロくんね、コーのおとーとなの」

慈雨が自力で地面に立ったのを見て、倖はすっかり安心したようだった。

頬を紅潮させ、いつもの朗らかな笑顔で「コーね、ミロくんのにーたんなのよ」といって、自分の言葉に「きゃっ」と照れている。

「ちあうもん！　コーたんはジーウのおとーとよ！」

お決まりの怒りをぶつける慈雨にもめげることなく、倖は「おとーとねー、おっきーの」と誇らしげに両手を上げた。倖にとっては、自分が兄になれたことも、兄が自分よりも大きくて、ブランコを漕いで一緒に遊んでくれたことも、すべてが嬉しくて仕方がないらしい。

「コーたん、らめよ！　おそとれちゃらめれしょ！　ジーウ、ゴーンちたのよ！　ブアンコにゴーンちて、バーンってちたのよ！」

かくれんぼの途中に倖が勝手に外に出て、そのせいでブランコにぶつかり、さらに木枠にもぶつかって、とても痛かったんだから反省しろ——と主張しているらしい慈雨に、倖は素直に「ジーくん、めんね」と謝った。三日ぶりに会った大好きな父親にぎゅっとしがみつきながら、「ジーくん、おげんきちてね」と、見舞いの言葉まで付け加える。

しかしそれだけでは終わらず、「あのね、おとーとね、ちまれね、コーとね、やくしょっくちたの」と、弁明を始めた。

慈雨に遠慮しつつもますます頬を赤らめ、「うんと、きょおゆのちま、いったれちょ?」と小首を傾げる。

倖がいう「きょおゆのちま」とはガーディアン・アイランドのことだ。

潤は倖の今の言葉を、流れ星を見ながら聞いた記憶があった。その場には可畏も慈雨もいて、少なくとも可畏は確実に、あの時の倖の言葉を憶えているはずだ。

「コーね、きょゆのちまれね、おはなちちて、いっちょにあしょんだの。そいれね、おっきくなったら、またあしょぼって……ミロくん、コーのおとーとらのね、コーにあいにくりゅって、やくしょっくちたの」

いつも弟でしかない自分が兄になり、島で約束した通り弟と再会して一緒に遊べたことを、倖は身振り手振りを加えて語る。その姿はとても楽しそうで、自分の気持ちを皆に伝えたくて、いつになく熱っぽく話しているのが伝わってきた。

——あれは……願望混じりの単なる夢じゃなかったんだ。倖には……動物や鳥や魚の感情を読み取ってしまう俺の血と、限られた相手とだけ思念会話ができる、蛟の血が流れてる。倖はあの時、海水を漂う卵と本当に話して……夢を通じて遊んだのかもしれない。だからあの子は倖を兄と慕い、わざわざ会いにきたのか？

ミロという少年が、どんなに倖を慕っていたとしてもそれは構わない。けれども卵の時の彼に、それだけの意思があったという仮説は、潤にとってあまりにも胸が痛いものだった。

あの少年に対する当時の自分の発言に、潤はたちまち押し潰されそうになる。

正確に何を口にしたかは憶えていないが、卵が出来ていないことを心から願い、偽りの診断結果に喜んでいたのは確かだ。

その時はまだ腹の中にいたミロ少年が、倖と会話したり約束を交わしたりできるほど知能が高かったのだとしたら、自分はとんでもない罪を犯したことになる。

——俺も、可畏も……慈雨も、あの子を望まなかった。倖だけが、あの子の存在を弟として認識し、心から喜んで受け入れてたんだ。

慈雨の顔にハンカチを当てながら呆然自失の体に陥った潤は、傍らの可畏の視線に気づく。横顔を痛いほど見つめられ、「どういうことなんだ？」と問い詰められた。

「お前に、そっくりだった」

可畏は潤が吐きだした卵と、ミロ少年が同一であることを理解しているに違いなかったが、それでも半信半疑のようだった。或いは認めることに強い抵抗感があり、もう少しだけ疑っていたいのかもしれない。

「うん、そうだな……肌の色は、可畏に似てたけど」

そう答えると、目に見えて青い顔をされた。

血の気が引いていく可畏の顔とは反対に、潤のハンカチは真っ赤に染まる。

生餌から新しい物を受け取って再び慈雨の血を拭うと、それもまた赤く染まった。

「慈雨、ごめんな……俺がぼんやりして、慈雨の手をしっかり握ってなかったせいだ。凄く、痛かったよな?」

「……んー？　マーマ、ごめんちあうよ」

「違わないよ」

「めんねしゅるの、コーたんらもん！　あとね、あいちゅ」

慈雨はミロ少年を「アイツ」呼ばわりして、誰もいないブランコを指差した。

度重なるショックで否定の言葉が出てこない潤は、慈雨の血を黙々と拭い続ける。

側頭部は確かに切れたはずだったが、もう傷はなかった。

それでも恐る恐る触れると「マーマ、ごちごちぃーよ。じぇーんじぇん、ちゃくないもん！ジーウね、にいたんれしょ！」と強がられる。

ごしごし拭くなど到底できず、潤は軽く押さえるようにしてハンカチに血を吸わせながら、可畏と視線を合わせた。

中腰姿勢で倖を抱き寄せている彼は、瞳を不安定に揺らしている。

そうと気づかれまいと中心に据えたがっているのがわかったが、それは主の意思を裏切り、心の鏡として正確に機能していた。

――自ら手を下すほどではないけど、できれば死んでほしかった卵がすでに孵化していて、あんなに大きく育ってて……でも、予想外に自分の特徴を持ってるって、どんな気分だろう。「俺の子でもあるのか?」って、そう思ってる? そうだとしたら、「無事に孵化してくれてよかった」とか、「死を願って悪かった」とか、思うのかな。

潤は可畏の気持ちを知りたかったが、読心の能力は働かない。

いくら恋人同士でも、瞳からすべてを読み取るのは難しい。人と人でさえ思いがけない擦違いがあることを考えると、種族の差がより難しくしていると思った。

他の男の子供など死ねばいい――と願う男は人間社会にもゴロゴロしているだろうが、竜人社会のように当たり前に押し通せる話ではない。

――歩み寄るっていうのは、押しつけ合うことじゃない。お互い、元々いた世界に片足だけ残して、相手の世界に片足だけ突っ込んで……間違っていないかその都度確認しながら、境界線で手を取り合って生きることだ。だけど俺達の場合は、どちらかといえば竜人寄り……。

衝撃で頭の中が真っ白になっているらしく、考えることそのものを恐れている様子の可畏に向かって、潤は「どうしてここに?」と訊いてみた。

倖がいなくなったという連絡を受けてから来たにしては、現れるのが早過ぎる。

渡米後すぐに帰国していたのか、そもそも出国していなかったのか、どちらにせよそこらに隠れられる人ではない。学院の敷地内にいたなら、暴君竜の影ですぐにわかってしまう。

閉所恐怖症のため地下深くに身を隠せないのだから、この付近にいなかったのは確かだ。

「アメリカに行ってたんじゃないのか? いつ帰国したんだ?」

「本社にいただけだ。やるべきことはオンラインで済ませた」

「──そう、お疲れ様。じゃあ、戻ってきたのは偶然?」

「少し前に、汪束蛟(おうつか)から連絡が入ったからだ。俺だけじゃなくお前の立ち会いも必要な用件があるとかで、もうすぐここに来る」

「蛟が、ここに?」

思わぬ答えに驚いた潤を余所に、慈雨と倖は揃って目を輝かせる。

「おーしゃん?」「おーしゃんくりゅの?」と飛び上がらんばかりに歓喜した。

潤は空を見上げ、垂れ込める雲を目にして納得する。

翼竜ではない蛟が空から現れるわけはないが、いつ雨が降りだしてもおかしくない曇天は、蛟が人の姿で活動するのに適したものだった。

《八》

寮の部屋に戻った潤は、真っ先に慈雨を裸にして、海水で満たされた巨大水槽に入れた。

水竜人の場合、新鮮な海水に浸かるのが体調を整える方法として一番だからだ。

慈雨も本能的にわかっているのか、いつものように泳ぎはせず、沈み込んで珊瑚に摑まり、水槽の中から倖に手を振ってゆったりと過ごしていた。

「ジーくん、おげんきちたね」

スーツ姿の可畏に抱かれている倖は、安心した様子でふふと笑う。可畏の顎の先にチュッとキスをしたかと思うと、太い首に両手を回して「パーパ」と甘えていた。

「コーね、ちゃみちかったの」

「俺がいなくて淋しかったのか？　俺も、倖に会いたくて帰ってきたようなもんだ。この感触、この匂い、久しぶりだな」

可畏は潤には何もいわず、抱きついてくる倖の頭に頰を擦り寄せる。

トレーニングパンツで少し膨らんだ尻を丸く抱きながら、肌の匂いを嗅いでいた。

倖がべったりとくっついて離れないのをいいことに、可畏は潤と向き合うのを避けている。

自分が取るべき態度に、まだ迷っているようだった。

潤がどこまで知っているのかわからず、知らないならこのまま隠しておくべきか、それとも正直に打ち明けるべきか、倖を甘やかすポーズの裏で考えているのかもしれない。

「可畏様、水竜王が到着しました」

部下の報告を受けると、可畏はようやく潤の顔を見た。

特に言葉はなかったが、気持ちを切り替えようとしているのが伝わってくる。

倖の背中を撫で、「蛟と大人の話がある。倖は二号達と遊んでいろ、わかったな?」といい聞かせると、部下に主扉を開けさせた。

——あ……影が、先に入ってくる。スピノサウルスの口が……。

超をいくつ付けるのが適切か迷うほど巨大で、背中の棘突起以外は概ね鰐に似た四足歩行のスピノサウルスの来訪に、倖はすでに大喜びだった。

「おーしゃんに、こんちにわ、ちていーい?」

「じゃあそれだけな。正しくは『こんにちは』だ」

「コー、まちあいてた?」

間違えた自覚がないらしい倖は、「こんいちわ、こん、ちには?」と練習を続ける。

その愛らしい表情や声を含めて、倖のすべてが可畏のメンタルを支えているように見えた。

「おーしゃん、こんいちわ！」

ラフなTシャツ姿で現れた汪束蛟に、倖は可畏の腕の中から挨拶をする。

慈雨も水槽から顔を出し、ぶんぶんと右手を振って「おーしゃん！　おーしゃん！　ジーウここよ！　いっちょにもぐよー」と、泳ぎではなく潜水に誘っていた。

「こんにちは、今日は可畏と潤に用事があるから、また今度な」

短いアッシュブロンドに灰色を帯びた青い目の蛟は、いつ来ても子供達に大人気だ。

蛟は大人から見るとクールなタイプに見えるが、普段から霧影島で子供と接しているせいか、慈雨や倖には柔らかい表情を見せる。

竜泉学院にはいない水竜人の王で、大きく立派なスピノサウルスの影を背負っていることや、人としての見目のよさにも惹かれるものがあるようだった。

同じ水竜寄りの慈雨はもちろん、倖も彼を慕っている。

「おーしゃん、またね、あしょんでね」

子供達は蛟と遊びたくてどちらもうずうずしている様子だったが、聞き分けがよい倖は名残惜しそうに挨拶をする。

慈雨は慈雨で、今は海水に浸かることが最優先だと感じているらしく、水から出る気はなさそうだった。

「蛟、その荷物は？」

彼がやけに大きなトートバッグを提げていたので、潤は不思議に思って問いかける。

レジカゴバッグに似た形のそれは、歪に膨らんでいた。

ファスナーが閉めてあるので中身は見えないが、彼の用件と無関係ではない気がした。

「三人で話せるか？」

子供達に向けたものとは違う蛟の表情は、いつになく固いものだった。

彼の醸しだす緊張感が、潤にも伝染る。

可畏はといえば、元より誰よりもピリピリと張り詰めていて、精神安定剤代わりである倖をユキナリに預けると、それは一層酷くなった。


可畏の書斎と繋がっている応接室で、蛟は潤の正面に座る。

隣に大きなバッグを置くと、「これを渡したくて」といいながらファスナーに手をかけた。

ジジッと音を立てて開かれていくそれは、途中で引っかかって一旦止まる。

「クリスチャン・ドレイク博士から依頼を受けて、俺達は……俺を含めた霧影島の水竜人は、ほぼ全員でこれを探してたんだ。ガーディアン・アイランドの周辺からスタートして、近海の底を泳いで探し捲った。大型種は深海を中心に、小型種は浅瀬まで探して、今のところ、まだ見つかっていないことになってる」

ファスナーが引っかかってしまったせいで、バッグの中は暗く陰って見えなかった。

潤はドラマで見た死体袋を開くシーンを思いだしてしまったが、蛟の発言から、すでに何が入っているのか察しはついている。死体どころか、むしろ正反対の物だ。

おそらく、生命の誕生を感じさせる物が入っている。

「それは……」

ファスナーが開かれると同時に、可畏が声を漏らした。

彼もまた予想がついたようで、それほど驚いているわけではない。

しかし顔色は悪く、普段の彼なら蛟に決して見せない、手負いの獣の顔をしていた。

蛟がバッグから取りだしたのは、大きく白い卵の欠片だ。

全体の約三分の一といったところだろうか。それでも綺麗なカーブが残っていて、元々は真円球だったのがわかる。

表面に真珠の如き光沢があるそれは、潤にとっても可畏にとっても、さほど目新しい物ではない。

慈雨と倖が孵化するまで、二人を大切に包み込み、健やかに育んでくれた卵の殻を、忘れるわけがなかった。臍の緒と比べると場所を取って大変だが、もちろんすべて保管してある。

「見つかった殻はこれだけで、中身の行方はわからないが、内側から自分で割った形跡がある。ドレイク博士が探し求める潤の三人目の子供が、海で孵化したのは間違いない」

蛟の報告は、潤にとってはいまさらのものだった。

すべては今日一日のうちに判明したことだが、ツァーリから男児の存在に触れられ、クリスチャンからも卵の生存の可能性について語られ、そして成長後の本人と会ったのだから、この報告はミロ少年の出生を裏づけたものに過ぎなかった。

しかし可畏にとっては違う。

その横顔は、まるで死刑宣告でも受けたかのように見えた。

――可畏……酷い顔色だ。唇まで青っぽくなってる。

死んでほしかった卵が生きていたから絶望しているのか、少年の肌の色に己の血を感じて、死を願ってしまった自分を悔やんで絶望しているのか、いったいどちらなのだろう。

潤としては前者であってほしくはないが、ミロ少年の肌の色がどうであれ、可畏からすれば、彼が「ツァーリと潤の血を引く子供」であることに変わりはない。

可畏が少年に嫌悪感を抱いているとしても、それは責められない感情だ。

「俺は延命の件で博士にお世話になってる立場で、捜索依頼を受けて見つけてしまった以上、これを引き渡すしかない。ただ、これを少し食べてみて気づいたことがあって、まずはここに持ってくるのが筋だと思った」

蛟の言葉に、潤も可畏も同時に顔を上げる。

潤に至っては耳を疑い、「食べた？」と鸚鵡返しにした。

「ああ、魚食の竜人は魚卵が好きだし、殻を食べるとわかることも色々あるんだ。ツァーリと潤の子だって聞いてたけど、ちょっと確かめたいこともあって齧ってみた」

　蛟は潤が理解し難いことをさらりというと、ローテーブルの上に置いた殻に触れる。

　どの辺りを食べたのか示しているようだった。

「この殻は、肉食竜人の味がする」

　蛟が触れたことで卵は揺り籠のように揺れ、可畏の体もぴくりと揺れる。

「肉食竜人の、味？　この殻の持ち主は、肉食ってことか？」

「ああ、俺は基本的には魚食だけど肉も食えるし、島を守るために肉食竜人を返り討ちにして食べることはある。俺にとってはあまり旨い物じゃなくて……だからこそ余計にわかるんだ。この卵の中身は、肉食竜人だ」

「――ッ」

「博士からは、『マークシムス・ウェネーヌム・サウルスと潤の間に出来た卵を探せ』といわれたが、だとすると肉食恐竜の竜人が産まれる説明がつかない。いや、絶対にあり得ない話だ。だから一つの可能性に思い至った。超進化型スピノサウルスの雌が、無精卵に幾度もの受精を必要とするって話は、慈雨と倖の卵を有精卵にしたことでよくわかったと思うが、実はまだ、博士に話してない秘密がある」

　蛟が可畏に何をいおうとしているか、潤は手に取るようにわかっていた。

ツァーリとの通信を終えた時から、もしかしたら……と思い、希望として願っていたことが、ミロ少年の肌の色を見て現実的になり、そして今ここで証明される。それは潤自身にとっての希望であり、何より可畏とミロ少年を繋ぐ希望になってくれるはずだ。

「以前……潤にだけ話したことだが、スピノサウルスの雌は、複数の雄の遺伝子を併せ持った有精卵を作りだすことがあるんだ」

「複数の、雄の……」

突きつけられた事実に、可畏は声を詰まらせる。

あの少年を見て、可畏もその可能性に思い至ったから動揺していたと考えられるが、スピノサウルス竜人の特殊な生態を知らない以上、疑いもあっただろう。

潤の体には可畏から輸血された血も流れているため、単に、その遺伝子の影響がミロ少年の肌の色に現れたのでは……と、疑念を抱いたかもしれない。

その場合は親戚に近い関係になるだけで、水竜寄りの慈雨が蛟の子ではないのと同じように、ミロ少年は可畏の子とはいえなくなる。

「可畏、さっき……オジサンと電話して色々聞いたけど、俺は、その時から思ってたよ。俺が知らずに吐きだしてしまった卵は、おそらく可畏の子だって……そう思ってた。慈雨や倖とは違って可畏と俺だけの子ではないけど、あの夜があったからこそ、あの子は未完成な状態から急成長して、一つの命になったんだと思う」

草食恐竜の竜人であるツァーリと、ベジタリアンの潤の血を引きながらも、あの子は可畏と同じ肉食恐竜の竜人で……そして肌の色も可畏に似て、顔立ちは潤に似ている。

髪の色は銀だったが、ツァーリのような紫色を帯びた銀髪ではなかったので、あの髪は蛟のアッシュブロンドが明るくなったものとも考えられる。

能力的なことはよくわからないが、見た目としては目の色のみがツァーリ似で、あとは全部こちら側だ。

それに、竜人にとって何より最も重要なのは種族だろう。恐竜の影を背負っていない卵生のハイブリッド種は恐竜名こそ不明だが、肉食か草食か魚食か、その差は大きいはずだ。

「潤、この卵の中身に会ったのか？」

「……うん、たった今、すぐそこで」

「そうだったのか……まだ赤ん坊だよな？　誰が連れてきたんだ？」

「独りで来たみたいだった。なんか凄く成長が早くて、五歳とか、たぶんそれくらい」

「――っ、まさか……それは、本当に間違いないのか？」

「間違いないよ。俺の子供の頃にそっくりだった。身長はたぶん一一〇センチくらいで、俺の小学校の入学式の写真より、もうちょっと幼い感じだったと思う。あ、でも表情とかはかなり大人っぽくて、子供の頃の俺より断然賢そうな印象だった」

今度は蛟が驚く番で、可畏と共に無言になる。

実際に見てみなければ信じられない話だが、あの少年は潤の胃壁から離れて一ヵ月足らずで、あそこまで成長したのだ。

慈雨と倖が孵化まで一ヵ月かかり、生後半年ほどの体格だったことを考えると、ミロ少年の成長は異常に早い。

そこにはツァーリの遺伝子が影響していると考えられるが、慈雨や倖は周囲の希望に副って あえて成長を止めたようなので、逆に考えれば、ミロ少年は自らの意志で尋常ならざる成長を遂げた可能性がある。

潤の過失で大海原に投げだされ、独りで生きて陸に上がらなければいけなかったからなのか、それとも、「大きくなったら会いにいく」と倖と約束したからなのか、本当のところは本人でなければわからないが、潤としては責任を感じずにはいられなかった。

検査結果を偽ったクリスチャンがすべて悪いと思えるならまだいいが、自分も迂闊で、誰が悪いにしても事態の深刻さは変わらない。

同じ腹から生まれた子でありながら、慈雨と倖が両親の愛に包まれて孵化したのと比べて、あの子は独りで海を漂い、生き抜いたのだ。

「倖がいうには、ミロっていう名前らしくて……顔立ちは俺に瓜二つだけど、肌の色は慈雨と同じだった。明らかにドレイク家の肌色で、髪は蛟の髪を思い切りハイトーンにしたような色。蛟はまた、叔父さん的ポジションだな」

ミロ少年の卵を見ていると涙が溢れそうだったが、潤は自分なりに可畏に気を遣う。

ツァーリに似ているよりは蛟に似ている方が絶対にマシだという確信の元に、少年の髪色は蛟の遺伝子の影響だと断言した。可畏が水竜寄りの慈雨を可愛がっていることから考えても、この方向性で間違いないはずだ。

蛟はどう捉えてよいかわからない様子で戸惑っていたが、もちろん否定はしなかった。

「潤、可畏……お前達がすでに子供と会ったならいまさらな話かもしれないが、俺としては、この卵の中身が可畏の子でもある以上、ドレイク博士に先に渡すのは筋が違うと思ったんだ。ツァーリの子なら潤には何も知らせず……死んだことにして密かに調べたいっていう、博士のいい分もわからなくはないけど」

「オジサン、そんなこといってたんだ」

「ああ、息子の平和な家庭に波風を立てたくないとかって」

「よくもまあ……いや、とにかくありがとう。本当のことを知らせてくれて感謝してるよ」

潤はローテーブルに両手をつき、言葉だけではなく深々と頭を下げた。

蛟は恐縮していたが、潤としては今このタイミングで来てくれた彼に心から感謝している。

スピノサウルスの雌は、二人の雄の遺伝子を持つ卵を産める――その事実をあとで自分から可畏に打ち明けるつもりでいたが、当のスピノサウルス竜人である蛟が、こうして直接話してくれるのが一番だ。

そのうえこの卵が肉食竜人の物だと断定してくれたことで、少年の出自は明白になった。現状で最高ともいえる吉報に、頭を下げても拝んでも足りないくらいだ。

「本当に、俺の子なのか？」

「──ッ」

隣に座る可畏に凄まれ、潤は反射的に眉を寄せる。

ツァーリの血も流れている以上、すぐに頭を切り替えて「そうか、俺の子でもあるのか」と喜んでくれるとは思っていなかったが、疑う言葉と不快げな表情に神経を逆撫でされた。

慈雨と倖が出来た時も、病院の廊下で「腹の子は蛟の子だ！」と怒鳴られ、潤は可畏の顔を力いっぱい引っ叩いた。

あの時は、「陸の竜人は卵生じゃないから、俺の子じゃない」という、前代未聞の現象に対する不理解があり、何より可畏は潤の身を心配して出産に反対していたのだが……今は状況が違う。

卵はすでに母体から離れているため、潤に危険はなく、潤が可畏の子を卵生で産めることも実証済みだ。

スピノサウルス竜人の蛟が、「スピノサウルスの雌は、複数の雄の遺伝子を併せ持った有精卵を作りだすことがある」と説明したうえで、卵の殻の主が、ツァーリとは異なる肉食恐竜の竜人だと証言している。

それでも「本当に、俺の子なのか?」と、しかも酷く嫌そうに凄みながら問うのでは、あの時と変わりがない、成長がない。

むしろ今の方が、潤の身に対する心配という大義がない分、性質の悪い不理解だ。

「可畏の子だよ。可畏と俺だけの子じゃないってだけで、可畏の子だよ。可畏は……俺が卵を吐いたことに気づいてたんだよな? 島にいた時は気づかなくても、誕生日の夜にオジサンが再検査に来たことで、島での検査結果が嘘だったって察したんだよな? オジサンがいそいそハワイに帰ったのは、卵を探すためだってこともわかってた。そうだろ?」

言葉にすればするほど湧き上がる怒りが、どうしても止まらなかった。

可畏の気持ちがまったくわからないわけではない。

種族の差による感覚や価値観の違いを、考慮しなければいけないとも思っている。

思っているのに、沸々と煮える怒りを消せない。隠すこともできない。

感情的になり、それを抑え切れないという点では、自分も可畏と同じだ。

横並びになって睨み合っている間も、頭の中では「いい過ぎるな、そのくらいでやめろ」と制止をかけてくる自分がいるのに、それを突き飛ばして進んでしまう。

「自分の血を引いてない子だと思ってたから、死んでもいいと思ったんだよな……っていうか、本当は死んでほしかったんだろ?」

「——ッ……」

「オジサンに、『卵を見つけたら必ず殺せ』って、そういいたいのが本音だった？　そこまではいわずにギリギリのところで耐えたのは、人間である俺の影響なのかな？」

嫌味たっぷりに、侮蔑すら籠めてしまう自分を最後まで止められなかった潤に、可畏もまた苛立ちを見せた。

奥歯をギシッと鳴らして、大きく息を吸い込む。

燃え上がる怒りを必死で抑えようとして、けれども抑え切れない感情が可畏の中でも湧いている。心の炎は今もまた目に表れ、黒色の虹彩に鏤められた血の色の斑が、その領域を一気に拡げていた。

「俺は、自分の血を引いてない子供なんて愛せない。慈雨と倖が可愛いのは……目に入れても痛くねえほど可愛いのは、間違いなく俺とお前の息子だからだ。他の男の血を引く子供の死を願ったところで、自分が悪いなんて思わない」

「可畏……」

脂汗と共に噴き上がる可畏の本音は、彼の中では揺るぎない正論なのだろう。

想像以上に堂々と語られると胸が痛くて、潤は反論しかけた唇を一文字に結んだ。

いつの間にか握っていた拳にも力が入り、爪が食い込む。酷く痛いのに、震えて開けない。

「可畏、潤……あとは二人で話し合ってくれ。俺は、この殻を持ってドレイク博士のところに行く。見つけてしまった以上、嘘をつくわけにはいかないんだ。理解してくれ」

割って入ってくれた蛟のおかげで、潤はなんとか手指の力を抜くことができた。

「わかってる」と、潤が答えるのと可畏が答えるのが、言葉もタイミングも完全に一致する。

寸分のズレもなく重なった声に、いつもなら笑って顔を見合わせるところだが、今は違う。

息が合ってしまったことにすらささくれ立ち、お互いに明後日の方を向いて顔を逸らした。


蛟を廊下で見送ったあと、潤は慈雨が泳ぐ水槽に近づき、可畏はチャイルドスペースにいた倖を抱き上げて「いい子にしてたな」と褒めていた。

怪我をしたのが嘘のように元気に泳いでいる慈雨の姿を眺めながら、潤は自分の行いを一つ一つ振り返る。

あとで監視カメラの映像を確認してみないと確かなことはわからないが、ミロ少年の能力が瞬間移動に近いほどの高速移動なら、生餌の誰かが所要で主扉を開けた際に一瞬で入り込み、見張りの目に留まらぬ速さで倖を連れ去ったのかもしれない。

その行為自体は防げなかったとしても、慈雨の話を最初からきちんと聞いていれば、もっと早くミロ少年と接触できたかもしれない。二人がブランコで遊びだす前に声をかけていたら、慈雨が怪我をすることはなかっただろう。あんなことがなく落ち着いた状態で話しかけていた場合、彼は返事をしてくれただろうか。親子として会話ができていただろうか。

——そもそもあの時、俺が慈雨の手をしっかり握っていればあんなことにはならなかった。離してしまったあとも、無様に転んで後れを取ったりしなければ追いついてたはずだ。結局、全部俺が悪い……慈雨が怪我をしたのは俺のせいだし、可畏がミロくんを殺意剝きだしで睨みつけたのは、慈雨が大怪我をして血塗れだったからだ。あれは我が子可愛さからくる反射的なものだし……あの時点で可畏はミロくんが何者なのかわかってなかった。咄嗟に殺意や敵意を向けてしまっても仕方がないんだ。可畏が悪いわけじゃない。俺がちゃんとしてたら、可畏とあの子の出会いは違うものになってた。もっとマシな展開になったはずだ。

潤は水槽の中の慈雨に向けて、右手を伸ばす。

自分が今抱えている一番の後悔は、ミロ少年の心を傷つけてしまったことだが、もし慈雨が竜人ではなく人間の子供だったら、今の自分を最も苛んでいるのは慈雨の怪我そのものだっただろう。

——最悪の場合、あの一瞬の油断で……慈雨を失ってたかもしれないんだ。今こんな悠長なことしてられなくて、病院で号泣してたかもしれない。たった一度のミスが……命取りになることは本当にあるんだ。それが子育てなんだ。俺自身の命にしたって同じで、これまでの俺の数々の失敗が致命的なものにならずに済んでるのは、可畏からもらった竜人並みの治癒能力があるからだ。俺は竜人の血に助けられてきただけで、本当に未熟で……。

自分は人間として生を受けたけれど、今は純然たる人間ではないことを、改めて感じた。

竜人の血のおかげで子供まで得て、竜王の妃という立場でこれまで暮らしてきたのだ。郷に入っては郷に従えといわれる通り、人間的な常識を振り翳すべきではない。こちら側の価値観を重視して、より寛容に可畏を受け入れるのが筋だ。

『潤、聞こえるか？』

水槽に掌を向けていると、蛟の声が頭に届く。

強化硝子越しに近づいてきた慈雨が、潤の掌に合わせて左手を出してきた。

手の大きさを比べるように合わせる慈雨の目は青く、水の中から潤を見て笑っている。

『うん、聞こえてるよ。今日は本当にありがとう』

潤は慈雨に笑いかけ、慈雨がタコのような変顔をするので真似をして喜ばせながらも、蛟と思念会話を続けた。

『お前の役に立てたならよかった。ただ少し心配で』

『ごめんな、目の前で喧嘩して、みっともないよな』

『いや、それはいいんだが……俺も竜人だから、可畏をフォローしたくなって』

『うん、いいよ』

『可畏は、お前に出会って凄く人間的になったし、変わったけど、あまり多くを望み過ぎるとお互いに苦しくなるだけだと思う』

『そうだな……竜人的な考え方について、俺も今ちょっと考えてたとこ』

『自分の子供じゃなかったら愛情を持てないのは、当たり前のことだ』

『――うん……』

当たり前だといい切る蛟に、潤は一言も反論しなかった。

脳裏に浮かぶのは、霧影島で血の繋がらない子供達の面倒を見て、一緒に食卓を囲んでいた蛟の姿だったが、あれは親子の愛とは違うものだとわかっている。

『水竜の世界では他人の子供も育てるが、短命で親が育てられないから仕方なく協力し合っているだけだ。仲間意識はあっても、愛があるわけじゃない』

潤の考えが思念に乗って伝わったわけではないのだろうが、蛟は水竜の子育てについて語り、『余所の子のために死ねる竜人なんて、存在しないと俺は思う』と私見を述べた。

『お前も知っての通り、暴君竜は通常、雄より雌の方が強いんだ。可畏の母親は何人もの雄と交尾して、父親の違う子をたくさん産んだ。他の雄と子供を作られるなんて、暴君竜の竜人にとっては普通のことなんだ。他の雄の子に愛情を持たない代わりに、いちいち憎みもしない。ドレイク博士だって、可畏の兄達のことは頭にないだろ？　つまり可畏がお前と皇帝竜の子によからぬ感情を抱いてしまったとしたら、逆に人間的ともいえるんだ』

『逆に……人間的？　それは、その考えは……なかったな』

『俺の見解だけど、可畏は人としてお前に惹かれてるからこそ、どうしても他の雄の子を受け入れられなかったんじゃないか？』

ああ、そうか、そういう見方もあるのか——蛟の話を聞きながら、潤はクリスチャンと竜嵜帝訶、そして可畏と可畏の兄達の関係について考える。

クリスチャンと帝訶は利害関係で繋がっていたとしか思えず、そこに愛憎が介入する余地はなかっただろう。

可畏も父親が違う兄達の存在を、疎ましく思いつつも受け入れていた。

長兄と次兄を殺したのは、未熟児だった自分を生き埋めにした怨みと、潤の身を守るためであって、他の兄には身分を与えて利用している。

自分の子を産んだ雌が、他の雄の子を産み育てていても気にしないのがティラノサウルス・レックス竜人の感覚であるならば、それを受け入れられない可畏の心は、より人間的な苦悩を抱えているのかもしれない。

可畏は竜人だから仕方がない、自分が竜人の感覚に合わせるべきだ——と、種族の差だけで片づけず、一個人としての可畏の気持ちに触れて、より尊重するべきだと思った。

『蛟、ありがとう。もう少し考えてみる』

『ああ、上手くいくよう祈ってる』

蛟とさよならをした途端に、水の中から「マーマ！」と声が聞こえてくる。

慈雨は口角を左右に思い切り引っ張って広げたり、水中でリアルな昆布ダンスを踊ったり、潤を笑わせようとしてあの手この手で攻めてきた。

潤が同じように口角を広げてイーッとやると、慈雨はケラケラと笑いだす。

そんな顔を見ていると、倖と遊んでいたミロ少年の笑顔が浮かんできた。

肌の色のせいもあり、自分よりも誰よりも、彼は慈雨に似ている。

倖以上に慈雨の兄弟らしい、とても健やかな少年だった。

――俺は、あの子を凄く可愛いと思った。自分の子供だと感じた。この先も可畏の気持ちが変わらず……あの子を愛してくれなくても、俺の気持ちは変わらない。誰がなんといおうと、あの子は、俺が可畏を求めたからこそ出来た子だ。間違いなく、俺達の子だ。

今現在、ツァーリの世話になっている少年と……しかも、明確な意思を持たない赤ん坊ではない少年と、今後どういったやり取りができるのかはわからない。

一緒に暮らすには可畏の理解と愛情が不可欠で、それが満ち足りている状態になってから、少年自身に選んでもらわなければならない。

誕生を望まなかった自分達が彼に選んでもらえる自信はなく、千年以上も孤独に生きてきたツァーリにとっての宝物を、奪っていいのかという問題もある。

――人間だったら新生児みたいな年なのに、自分で選ばせるなんて残酷かもしれないけど、近々そうなるかもしれない。まずは親達が同じようにあの子を求めるのが先決だ。俺も可畏もツァーリも、彼に「一緒に暮らしてほしい」と求めたうえで、あの子に選んでもらいたい。

正直な気持ちをいえば、今すぐにでもツァーリの元から引き取りたかった。

選ばれないなんて結末は考えたくないし、少年が今ここにいないことが悲しい。

指一本触れられなかった我が子の頰のカーブを想(おも)い描きながら、潤は硝子の向こうの慈雨に微笑(ほほえ)みかける。

——慈雨の四年後みたいな姿の、ミロくん……君の本当の名前は、ミハイロ？

慈雨と同じ色の肌に、触れてみたいと思った。

倖を抱き締めていた手を、この手で握ってみたい。

あの子の声を聞き、何が好きで何が苦手か訊(き)いてみたい。

そしてもしも許してもらえるなら、選んでもらえるなら、彼を含めて五人——一つの家族になりたいと思った。

《九》

何をいえば理想的な夫でいられるのか、どう振る舞えば潤の尊敬を得られるのか、わかっているのに我を抑え切れなかった。

俺の何がいけない、俺は絶対に悪くない——己の中の正論を盾にしても見苦しくなるだけで、下手をすれば潤の愛情を失ってしまう。

相手のことを本当に大切に思うなら、間違えた時は一刻も早く謝るべきだ。

ただし、潤に対して中身のない謝罪は意味がない。

仮に潤を騙(だま)せたとしても、自分で自分が許せない。

——結局、俺の考えは何も変わってねえんだ。だから謝りようがない。俺は、あの子が俺の子なら悪いことをしたと、そう思える。けどそれは結果論で、他人の子供に対する俺の冷酷な考えは、今も変わらない。

自分の子じゃないなら死んでほしい。他の男との絆(きずな)など要らない。潤の心を曇らせないよう、存在したことすら気づかせずに葬りたい——それが、嘘偽りのない本音だった。

あの子に会った今でも、「あの子が赤の他人だったら」と仮定すると、結論は揺るがない。潤によく似て可愛い少年だからといって、生きていてほしいとは思えない。それどころか、潤に似ているからこそツァーリの近くに置きたくない。他人なら、存在すべてが許せない。

「心が、狭いのか？　無関心ではいられず、不寛容で、残忍で……」

可畏は書斎のソファーに横たわり、照明を半分だけ落とした空間で呟く。

声に出すとますますその通りだと思えて、自分が嫌になった。

潤はきっと、「お前の子なら、それでいい」といわれたかっただろう。「誰の子でも構わない。引き取って俺達で育てよう」と、そういって肩を摩ったら、どんなにか喜んだはずだ。

安心して目を潤ませ、眩しい笑みを浮かべるのが想像できる。

潤を幸せにする台詞を知っているのに、それを口にできず、考え方も変えられない自分は、狭量で頼りない男なのかもしれない。

──嘘をつくべきだったのか？　殺意も憎悪も抑えて、我慢して我慢して、お前の優しさに感化された振りをしながら穏やかに微笑み、誠実で理想的な夫を……度量の広い父親を、演じ切るべきだったのか？

潤と子供達と離れて日本を発つことなどできず、竜嵜グループ本社ビルで過ごした三日間は、眠りも浅くてつらいものだった。家族がいる寮に戻ってきたのに、今もまた誰もいない部屋に寝転がっている自分を、愚かだと思う。

潤や子供達のそばで眠りたくても、頑なな自分がそれを許さず、謝れないくせに犯した罪の重さに押し潰されている。

――あの子の目が忘れられない。最初は、生意気なガキに睨み返されたとしか思わなかった。慈雨を傷つけたクソガキを、殺してやろうと、そう思ったのに……。

自分の血を引く三人目の息子だと知った途端に、目に焼きついた光景が正された。改竄されたわけではなく、誤りを正されたのだ。

あれは、生意気な目なんかじゃなかった。

――俺の子供の頃と……同じ目だ。身内から向けられた言葉にショックを受けてるくせに、傷ついたなんて絶対に認めたくなくて、弱みなど見せたくなくて……なんでもない振りをしていた時の目。自分を傷つける奴を黙って睨み返し、侮蔑に満ちた目を向けて……そうして傷を隠す。鉄壁の無表情と冷たい目は、あの頃の俺と同じものだ。

幼い頃の自分は、タルボサウルスの兄達には反撃できても、母親には何もできなかった。

希少で強い雌のティラノサウルス・レックス竜人である竜嵜帝訶を相手に、ただ無言で睨み返すばかりだった。

実の母親から性的虐待を受け、「貴方は、より強い子を作るための種馬に過ぎないのよ」といわれても、「生き埋めにしたのは、貴方があまりにも貧弱な未熟児として産まれたからよ。貴方が悪いのよ」と理不尽なことをいわれても、傷ついた顔なんて死んでもできなかった。

──あの目は、鎧だ。父親の一人である俺から、敵として殺意を向けられて……あの子は、傷ついた。悲しんだ。それを、気づかれまいとして……。

冷たい紫の目の向こうにいたのは、孤独の中で、誰よりも強くあらねばと必死に闘っていた頃の自分だ。顔が潤に似ていても、目の色がツァーリと同じでも、あの目は紛れもなく過去の自分と同じものだ。

「──ッ……ゥ」

なんてことを、あの子になんてことをしてしまったのだろう。

犯した罪を痛感すると、視界が闇に包まれる。

突然の停電かと疑うほどに、いきなり暗くなった。

しかし実際には何も変わっていない。ほんのりと壁を照らす明かりがいくつも点いていて、竜人ならではの視力に頼らずとも十分な明るさだった。

家具のシルエットも明瞭に見える。何もかもいつも通りだ。

「──ッ、ハ……ゥ、ァ」

壁がいきなり動きだし、飾ってあった絵と共にぐわりと近づいてくる。高い天井も、まるで建物の上から巨大なハンマーで叩き落とされているかのように、音を立てて落ちてくる。

耳を劈く音は、紛れもなく釘の音だ。

誰かが自分を、箱に閉じ込めようとしている。

――落ち着け……ッ、違う……これは、ただの幻覚だ！　現実には何も起きてねえ、ここは俺の書斎で……なんの異常もない！　いつも通りだ！

気づけばソファーから転がり落ちて、絨毯の上で四つん這いになっていた。

可畏は大きな体を折り曲げ、可能な限り小さく丸めて、ゼイゼイと喘鳴を繰り返す。

深く呼吸しなければと思っても上手く肺まで吸い込めずに、喉の辺りで息を吐いてしまった。

酸欠で酷い頭痛がする。視界がマーブル模様に歪み始め、壁や天井がすぐそこまで迫りくる。

――やめろ……ッ、釘を打つな……やめろ！

これ以上、暗くしないでくれ。閉じ込めないでくれ。窮屈で体が痛い。血が止まって痺れて、手足の感覚がなくなっていく。ここから出してくれ！　釘を打たないでくれ！　せめて地中に埋めるのだけはやめてくれ――心で叫ぶばかりで一言も声にならず、苦しくて気が遠くなっていく。頭に酸素が回らない。顔中が燃えるように熱い。

最強最大の暴君竜になり、愛する者を守ることに命を懸けた日々は、夢だったのだろうか。

自分は今も、蟬の幼虫のように土の中にいるのだろうか。

そうだとしたら、千度殺されるかのように苦しいけれど、それでも、我が子に殺意を向けるよりはマシかもしれない。

子供を木箱に詰めて釘を打ち、生き埋めにするような自分を見たくない。

今でも許せないあの母親と同じことを、自分は絶対に、したくなかったのに――。

「――ウゥ……ゥ……ッ」

あの子の素性を知らずに向けてしまった殺意が、そのまま我が身に返ってきていた。

抗う気力もなくなり、このまま暗い木箱の中で死ぬのだと思ったその時、名前を呼ばれる。

釘を打つ音を止める勢いで、「可畏！」と、確かに呼ばれた。

次の瞬間、真っ暗な世界に目が眩むほどの光が射す。

強くて明るいその光は、七色のプリズムのように拡散した。

「可畏……っ、大丈夫か⁉　可畏！　息を……息をしてくれ！」

光の中に天使が見える。潤に間違いないが、本当に天使に見えた。

蹲っていた体を上向きにされ、呼吸が止まっていた口を柔らかい物で塞がれる。

よく知っている唇だった。ベジタリアンの美味な唾液が、口内にとろりと滑り込んでくる。

こんなに苦しくても味を感じる舌の上を、吹き込まれる吐息が駆けていった。

「――ッ、ン……ゥ」

肉食恐竜の本能が、上等な栄養を求めて動きだす。

潤の息を肺まで吸い込み、呼吸の仕方を思いだした途端にルートが開通した。

口からも鼻からも真っ当に息を吸うことができるようになり、厚い胸はさらに厚く膨らむ。

体中が酸素で満ちて、生理的に溢れていた涙が耳まで伝った。

ああ、なんてみっともないのだろう。

よくよく見れば、部屋はそう暗くもなく、壁は遠くにあり、天井は高いままだ。

釘の音など聞こえない静かな夜だというのに、恐れ戦いてソファーから落ちた挙げ句にのたうち回り、潤がいなければ息もできない始末。みっともない、本当に情けない。

「可畏……もう、大丈夫か？　部屋、今もっと明るくするから」

窒息して死にそうな自分に甘い吐息をくれた潤が、目を潤ませながら覗き込んでくる。

潤もまた、苦しそうな顔をしていた。

呆れることもなく、軽蔑することもなく、ただただ心配しているのが伝わってくる。

「――潤……俺は……」

これ以上明るくする必要はないと意思表示するために、可畏は潤の手を握り締めた。

窒息しかけたせいで体中が熱くて、白い手がひんやりと冷たく感じられる。

いつだって手触りがよく心地好い肌だが、今は特にそう思った。

「俺は、俺の子しか愛せない」

思い描く自分には、なれなかった。

頼もしく立派で、優れた男に近づいた気でいたのは傲慢で、自分は潤に甘えている。

正直に想いを打ち明ければ、きっと許してくれると信じているから、今こうして、謝らずにいられるのだ。

「あの子のことは、愛せそう？」

「ああ、お前と俺の子だからな」

迷わず、すぐに答えることができた。

自分の子なら愛せて、そうじゃないなら愛せない、むしろ消えてほしい。そんなふうに思う自分をどうしても曲げられなくて……かといって、嘘はつけない。

「可畏に話があって、ここに来ようとした途端……久しぶりに可畏の感情が流れ込んできた。『許してくれ』って、誰かに向かって、物凄く強く訴えてた」

「……それは、あの子に向かってだ」

「うん、そうだと思った」

潤は絨毯の上に正座して、まだ時折噎せかける可畏の頭を脚の上に乗せる。

肉の少ない太腿は固い枕のようだったが、熱が冷めやらぬ可畏の首には、つくづく心地好い温度に感じられた。

「可畏……ツァーリから受け取ってしまった腕時計、一度も着けてないんだけど……あの箱の内側はディスプレイになってて、今日そこにツァーリの姿が映しだされたんだ」

「――ッ」

潤の思いがけない言葉に、可畏はまたしても呼吸を忘れそうになる。

改めて考えてみれば、ツァーリから渡された物を詳しく調べもせずに学院内に持ち込ませ、保管場所すら指示しなかった。

潤と口論になり、渡米を装って出ていったことが一番の原因だが、ツァーリからあまりにも堂々と渡されたので、妙な小細工について思い至らなかったのも事実だ。

「目先の利益というか、安全保障に飛びついて、可畏の反対を押し切って受け取ってしまったこと……後悔してたから、俺はツァーリに、絶対不可侵権を返したいっていったんだ。けど、それはかえって危険になるっていわれて、たぶん、受理されてない」

潤の膝に頭を預けながら、可畏は声もなく頷く。

クリスチャン・ドレイクのように、自身も強い暴君竜である研究者ならまだしも、潤の場合、一度受けた絶対不可侵権の返上はあり得ない。

ここに高価値の人間がいますよ、と大々的に宣伝したあとに、「さあどうぞ御自由に」と、号令をかける事態になってしまう。

「可畏、もらった時計は箱ごと可畏に預けるから、然るべき場所に保管しておいてくれ。結局、権利の返上はできそうになくて、そのことでは本当に可畏に申し訳ないことをしたと思ってる。俺は、凄く自分勝手だった」

最後まで聞く前に、可畏は首を横に振っていた。

潤や慈雨や倖と離れ、本社ビルで寝る間も惜しんで仕事に打ち込みながら、絶対不可侵権の存在意義を誰よりも実感していたのは自分だった。

さすがに日本を離れることはできなかったが、家族と離れて本社で仕事に没頭できたのは、あの権利の力を知っているからだ。ツァーリの厚かましいやり口や、潤を孕ませたことに強い怒りと憎悪を燃やしていたにもかかわらず、結局はどこかで安心している自分がいた。

「それに関して、謝るのは、俺の方だ。俺は、お前の安全を最優先にできなかった。もし俺がもっと懐のデカい男だったら、お前を守るのが誰であろうと構わないと……そう思って、割り切れたはずだ」

「可畏……」

「俺は、お前の安全より、自分のプライドを優先したんだ。そんなもん、いつでも捨てられる程度の……つまんねえもんだと思ってたのに、結局、平時には捨てられなかった」

心のままに事実を口にすると、情けなくて消えてしまいたくなる。

潤と二人でリトロナクスの双子の手に落ち、潤の命が脅かされた時は、プライドなど本気で捨てることができた。あの時の自分は紛れもなく潤を優先できたのに、潤を傷つけそうにない男の前では、見苦しく張り合ってしまった。

「お前が絶対不可侵権を得ることに反対し……腹を立て、罵倒しておきながら、俺は、お前が安全な身になったことに……安堵してたんだ」

最低だろう、最低なんだ。本当に自分が嫌になる。寛容なお前でも、いい加減呆れただろう。頼りになる夫であり、いい父親でありたかったけれど、立派なのは図体ばかりだ。自分はまだ、こんなにも未熟で――。

「可畏、そんなつらそうな顔して……自分を責めないでくれ。俺はたくさん間違えて、可畏の心を傷つけたり、慈雨に怪我をさせたり、ミロくんの卵を吐いたことにも気づけなくて、自己嫌悪に陥るような失敗ばかり繰り返してる。可畏との問題は、ちゃんと話し合って解決できることもあるけど、子供のことは……あの子達がもし人間だったら、取り返しのつかないことになってた」

神妙な顔をして語る潤の手が、額に触れる。

びっしりと脂汗を掻いていたらしい額を、前髪ごと撫で上げてくれる手の優しさに、可畏の涙腺は緩み始めていた。

体の傷は癒えても心の傷は簡単に癒えないが、潤といると心も急速に癒えていく。

現にここはもう、暗くて狭い木箱ではなく、釘を打つ音も聞こえない。

目の前にいるのは自分を箱詰めする鬼女や残忍な兄ではなく、七色の光を背負った天使で、最愛のパートナーだ。

「可畏は、俺や子供達を守らなきゃならない立場で、いつも命懸けで……本当に、凄く強くて立派だけど……まだ十八だ。俺より三ヵ月あとに生まれて、平均寿命の四分の一も生きてない。だから少しくらい未熟なところがあってもいいんだよ。悩んだり反省したりすることがあって当然だと思う。自分がミスばっかりしてるからってわけじゃないけど……あんまり完璧だと、それはそれでちょっと淋しいよ」

「潤……」

「それに俺、聖人君子とか求めてないし……自分の子供しか愛せないとかさ、それわりと普通なんじゃないかな。血の繋がりとか関係なく愛せる人は立派だけど、愛せない人が特別冷酷なわけじゃないと思う。それに、養子を我が子同然に愛せる人だって……最初からいきなりってわけじゃないよな？　その子と接してるうちに愛情が増すものだろ？　これはあまりいい譬えじゃないけど……可畏は、すでに接して愛情を持ってる慈雨や倖が、ある日突然、実は自分の子じゃなかったって判明したとして、いきなり冷める？　そりゃもちろん超絶ショックで頭がどうにかなっちゃうとは思うけど、死んでいいなんて思わないよな？」

「――思わない。そんなこと……判明したら、俺が死ぬ」

考えるまでもなく即答すると、潤は子供達がよくやる仕草で「うんうん」といいながら首を縦に振った。

「その選択は極端だけど、でも殺意の方向を聞いて安心した。やっぱりさ、愛情って育まれていくものだよな。最初からいきなり持ってる人なんてレア中のレアだよ」

「そうか……」

「うん、俺はそう思う」

くすっと笑う潤に、可畏は笑い返すことができなかった。

まだそんな気にはなれないが、引き攣っていた顔の筋肉が少し解れる感覚はある。

海に放たれた卵が我が子だとわかっている潤と、自分の子ではないと判断していた可畏との間にある溝を、潤は冷静に考えてくれたのだ。

こんなに優しくて、大切で、自分の命よりも優先できる人を、どうしてプライドよりも低い位置づけにしてしまったのだろう。

雄としてツァーリに負けたくなくて、潤がツァーリの卵を宿したことや、その卵が海の底で成長している可能性を考えて、とても不安だった。もちろん不愉快でもあったが、それ以上に不安だったのだ。そのうえツァーリが潤に絶対不可侵権を与えてしまったら、潤は事実上彼に庇護されることになる。ますます二人の間に繋がりができてしまうと思うと、何かの隙に潤を奪われてしまいそうで、どうしようもなく怖くて——結局は、自分の弱さを露呈した。

現実的に考えて、皇帝竜に劣るところの多い自分に自信が持てず、奇跡的に子を生したのを最上の絆として縋っていたのだ。だからこそ、同じ領域に踏み込まれて崩れてしまった。

「——悪かったな」

「いえいえ、お互い様ですから」

一言でいえば、潤のいう通り未熟な自分を、今は許してもらうしかない。

過ちは過ちとして認め、心改めてやり直す以外に道はないのだ。

「可畏、体の方は？　もう起きて平気なのか？」

「ああ……」

慈愛の微笑に引き寄せられるように起き上がった可畏は、潤の顔を前にして瞼を閉じる。

そうすることで両目から恥ずかしい雫がぽたりと落ちても、今は隠さなかった。

「あの子に、謝りたい」

潤に甘えていることを自覚しながら、胸の内にある想いを正直に言葉にする。

かつて、母親と兄達の手で生き埋めにされたあと、考えていたことがあった。

もしも彼らが残虐非道な行いを深く反省し、心から謝罪してくれたら……すぐには無理でも、いつか許してやれる時が来るかもしれないと、そんなことを考えていた。

謝罪や後悔の理由は、「暴君竜だったのに、気づかずに酷いことをしてしまった」という、ただそれだけでよかった。

当時の自分の価値は暴君竜であることだけだったのだから、それ以外の特別な理由は望んでいなかったと記憶している。ただ謝ってくれれば、何かが変わると思っていたのだ。

途中で諦めたけれど、少なくとも幼い頃は、待っていた言葉があった。

「慈雨の血を見て冷静さを失い、咄嗟にあの子を敵視して……殺意を向けてしまったことを、謝りたい」

「可畏……」

「許されるなら、俺達の子として迎えたい。お互いに生きている以上、やり直す機会はあると、そう思いたいんだ」

ミロ少年の母という立場の潤の同意が欲しくて、可畏は琥珀色の目を見つめて答えを求める。希望を与えてほしかった。まだやり直せると、そういってほしかった。

「うん、大丈夫だよ」

潤は少しも迷わず、輝くような笑顔で答えてくれた。

目の表面に涙を溜めて、可畏が求めているすべてに対する答えのように大きく頷く。

「また会えるから、謝るチャンスは必ずあるよ。ミロくん……倖と一緒の時に凄く楽しそうに笑ってたんだ。それに、さっき倖がいってた。『ミロくんと遊ぶ約束したよ』って」

潤は、「早く会いたいな」と笑いながら、頬に手を伸ばしてくる。

親指でそっと、涙を拭ってくれた。

代わりに潤の白い頬に涙が伝い、濡れた睫毛がいくつかの束になる。

薔薇色の唇がおもむろに開いて、「可畏、聞いて」というなりスッと息を吸い込んだ。

「可畏……蛟の前でも話したけど、もう一度いうよ。可畏の子種を受けるまで、卵は不完全な物に間違いなかったと思う。現にロシアからの移動中に倖は妙な発言をしてない。ミロくんが人格のある存在として倖に話しかけたのは、俺が可畏の子種を受けたあとだ。あの子は急激に成長して、夢の中で倖と遊んだんだと思う。ツァーリがどう思おうと、これが真実。あの子は、俺達だから作れた子供だよ。俺達じゃなかったら、作れなかった子供なんだよ」

「潤……」

可畏の胸に届く潤の言葉は、さながら水のように沁みてくる。

人を傷つければ自分も傷つき、心は渇き、ひび割れて痛むけれど、罪を悔いて素直に自分の心と向き合えば、理解してくれる人もいる。それが最愛の人である自分は、とても幸せで――潤にいうべき言葉は、謝罪よりも感謝の方が相応しいと思った。

「……ありがとう」

面と向かっていうのは未だに少し恥ずかしくて、つい潤を抱き寄せてしまう。

さりげない振りをして肩に顔を埋め、うなじを押さえた。

心臓の音が伝わってきて、正常になった自分の心音や呼吸音が、潤のそれと重なる。

自分以外の男が、この身を、この命を守っているのかと思うと歯痒いけれど、潤が安心して暮らせるならそれでいい。今の自分にそれだけの安心感を与える力がなかったことを自覚して、精進すればいい話だ。

「ミロくんは赤ちゃんじゃないから……俺達には、お願いしたり提案したりすることしかできないだろうけど、話し合うためにも早く会いたいな」

「ああ、早く会って触りたい」

「うん、早く会いたい」

こんな現金な父親を、あの子は許してくれるだろうか。

潤のいう通り、許すも許さないも、誰と暮らすかも、本人の選択次第になるだろう。

今あの子がツァーリのそばにいることを考えると、すぐにでも戦って奪い返したい気持ちがあったが、強引に進めるのではなく、本人の意思を尊重すべきだということはわかっていた。

「可畏、帰ってきてくれてありがとう」

「――ん？　ああ……」

「日本にいてくれて、ほんとによかった」

抱擁から逃れるように身を引いた潤は、そうかと思うと額を寄せてくる。

こつんと当てて、そのままじっと動かなかった。

熱でも測られているのかと思いつつ、そんなわけはないかと思い直すと、「おでこ熱いけど平気？　平熱これくらいだっけ？」と訊かれる。

「おそらく平熱だ。元々高い」

「うん、知ってる」

潤は額を当てたまま軽く頷き、悩ましい唇を開いた。

「可畏がいなくて淋しかったのは、子供達だけじゃないよ」

「……潤」

密やかな呟きは、心に沁みる水ではなく、甘い蜜となって体に沁みる。

守りたい者を守る権力に於(お)いてツァーリに勝てない可畏は、雄として潤に求められることで自信を保たれる。潤にそんな意図はないのだろうが、事実それは有効的に作用した。

「ん、ぅ」

迫りくる唇を受け止めて、柔らかな肉にしゃぶりつく。

下唇を崩しては吸い、魅惑的な膨らみの間に舌を忍ばせた。

体中を流れる血が、炎で炙(あぶ)られたかのように熱くなる。

平熱どころか、高熱に見舞われそうなくらいだった。

「は……っ、ふ……」

キスをしながら腰を浮かせていき、二人でソファーに上がる。

示し合わせたように動く体を重ねて、お互いの衣服に手をかけた。

潤がどんな恰好(かっこう)をしているかなど、今の今まで見る余裕がなかった可畏は、柔らかなガーゼパジャマを着ている潤を組み敷いて、ボタンを外していく。

「可畏……っ」

唇が少し離れると、潤は切ない声を漏らした。

まるで一時も離れたくないと訴えるように、濡れた唇が開く。

そこから覗く白い歯と、潤んだ瞳が艶々と光っていて、性欲だか食欲だかわからない欲望が可畏の中で燃え上がる。どちらの意味でも、潤はたまらなくそそる存在だ。

「——潤っ」

「あ、ぅ……む、胸？」

再びキスをしたら舌を執拗に舐って苦しめてしまいそうで、可畏は潤の胸に顔を埋める。

暖色の仄明るい光を受けるデコルテは、熟れた桃の色に染まっていた。

洗い立ての肌は芳しく、石鹸の香りが体温で高まる。

「……ぁ、可畏……っ」

ぷっくりと膨らんで艶めく乳首に吸いつくと、それはすぐに痼り始めた。

まるで可畏の唇にフィットするかのように尖り、より吸いやすい形に変わる。

子供達が哺乳瓶を卒業しつつある今、父親の自分は、潤の母性とも父性ともいえる優しさに甘えて乳首を吸っているのだから、本当に未熟者だ。

半分以上は雄としての性的欲求に任せて吸い、舌で転がして潤に快楽を与えているが、残る半分はこうしていることに安らぎを感じている。

乳首に吸いついている間、潤の意外と大きな手で頭を撫でられたり、襟足をくすぐられたり、肩を摩られるのが嬉しくてたまらない。

先端をかりっと甘く齧ると、それまで滑らかに動いていた潤の指がぴくんと弾け、薄い肩が上がったり下がったりと不規則に揺れる。

「あ、ぁ……ぅ」

ソファーの上で密着する潤の体は、自分と変わらないほど熱くなっていた。

パジャマのズボンの中が硬くなっているのがわかる。早くも湿り気を帯びていた。

反対側の乳首を吸いながら潤のズボンと下着を下ろすと、石鹸の香りが再び立ち上る。

それと同時に、薔薇の香りが鼻を掠(かす)めた。

馴染(なじ)みのある、いい香りだ。

「――薔薇の……匂いが」

潤の胸から顔を上げて呟くと、潤は「あっ」と声を漏らし、すぐに視線を逸らす。

気まずいのか恥ずかしいのか、顔を手で隠しつつ「気づくの早い」と呟いた。

「ジェルを、仕込んだのか？」

潤の体から匂い立つのは、最近使っている潤滑ジェルの香りだった。

長時間よく粘る上質な温感ジェルで、天然のオールドローズの香りがついている。

「……っ、夜這い、かけようかと思ってたんだ。俺なりに色々考えて、謝るつもりでいたし、そしたらこういうことになるかな……とか期待はあったし……何しろこの三日間、わりとこう、なんていうか……ムラムラとか？　してたし？」

目元を隠していた手を、潤は少し開いて片目を覗かせる。

指と指の間からちらりと見えた琥珀色の目に、心臓を鷲掴(わしづか)みにされた。

紅葉(もみじ)を散らしたような顔も、自分を見つめる瞳も、秘めたところに仕込まれた薔薇の香りも、すべてが可畏を燃えさせる。一旦ぎゅうっと締めつけられた心臓が一気に解放され、沸騰した血が全身に巡り始めた。

「潤……っ」

「う、ぁ……ちょ、ちょっと……っ」

巡り巡る血が向かう先は、禁欲を強いられた雄の象徴に他ならない。

めきめきといきり立つ物に、潤は狼狽えながらも一層肌を染めていた。

片脚に纏わりつく下着ごと脛を摑んだ可畏は、潤の脚を大胆に開く。

性器と腹を繋ぐ透明の蜜糸と、濡れた谷間がてらてらと妖しく光っていた。

「指で拡げたのか？」

「……ん、ぅ……ん、まあ……あ、でも、あくまでも下準備として解すためであって、自分の指でしてたとか、そういうんじゃないからな」

潤は恥ずかしそうに膝を閉じ、そうかと思うとおずおずと開く。

オールドローズが香る谷間に、小さな薔薇のように綻んだ肉孔が見え隠れしていた。

粘度の高いジェルに塗れて、淫靡に光を弾く。

そんな様を目にすると一ヵ所に血が集まり過ぎて、頭がくらくらしそうだった。

「隠すことねえだろ、いまさら。独りでしたっていわれても、こっちは燃えるだけだ」

「……や、う……したく、ならなかったとはいわないけど、してないからっ」

潤は性欲を素直に認めて抗わないタイプだが、自分の指で拡げてジェルを仕込んだことは、さすがに恥ずかしいらしい。

可畏が脚を開かせるたびにパタパタッと閉じるので、白い脚がモンシロチョウの羽ばたきのように見えた。

「俺は、してないけどな」

「ほんとに？　独りでも？」

「寝不足でそんな気力なかった」

半分ほど正直に答えると、潤は唇を引き結んで小さく笑う。

何もいわなかったが、「よかった」といいたげな顔で見上げてきた。

残る半分の理由は、卵の行方や絶対不可侵権のことでストレスを感じていたからだ。憤怒に燃えても独り寝の夜は体の芯が冷え切っていて、こんなふうに沸々と血が滾ることはなかった。

「潤……っ」

「あ、ぅ……！」

斜めに倒して指を挿れると、ジェル塗れの解された肉孔が迎えてくれる。

最初から「指では足りない」といいたげな柔らかさに、ごくりと喉を鳴らしてしまった。

座面に縋って可畏を見つめる潤の目も、もっと太く熱いのが欲しいと訴えている。

さらなる刺激を求めて強請るように潤み、開いた唇は甘美な吐息を漏らす。

「――か、ぃ」

もう来て——と声なく求められ、可畏は無遠慮に身を起こす。

右手で掬い上げた分身はずっしりと重量感があり、暴君竜らしい威迫力を誇っていた。

わずかにカーブを描いて天に向かって反り返り、長い幹には肥え太った蚯蚓の如き筋を膨れ上がらせている。

括れは外に大きく張りだした肉笠の陰に隠れてろくに見えないほどで、我が身の一部ながら凶器としか思えなかった。

「ひ、ぁ……あ、ぁ……！」

「……ッ」

こんな危険な物を大切な相手の体に挿れずにはいられない、残酷とも思える衝動を……潤の甘い嬌声が許してくれる。

穿たれた途端に快感が伝染していくかのように、まず腰がひくつき、折り曲げられた両脚が震えた。瘤っていた乳首は痛そうなほど勃ち、首は喉笛を晒す形に反らされる。

何よりも薄桃色のベールを被せたように色づく肌が、可畏に抱かれる悦びを顕著に物語っていた。

「ん、あ……ぁ、あ……ッ」

「——ッ、ン……」

柔らかくて温かい肉筒に、可畏の雄は容赦なく締めつけられる。

薔薇の香りで快く迎え入れておきながら、捕らえたが最後、もう二度と放さないとばかりに絡みつく肉のうねりに、いきなり気を持っていかれた。

一瞬ふっと、目の前が真っ白になる。

「や、ぁ……とま、な……ぃ、で……っ」

辛うじてこらえたが、カラ達きしたような感覚に襲われ、気づけば腰を止めていた。

しっとりと濡れていく潤の体が、ソファーの上で波打つ。

斜めに横たわったまま、可畏の体に向けて幾度も打ち寄せる淫らな波だ。

ヌプヌプと生々しい音が立ち、可畏が動かなくとも抽挿は続けられたが、潤は涙を溜めて、

「動いて……っ、意地悪、するなっ」と抗議してきた。

「意地悪じゃねえ、止めねえと……まずいことになりそうだったんだ」

「――あ、ぁ……ッ！」

ずんっと腰を進めると、潤は陸に上がった魚のように跳ねる。

もちろんとんでもなく生きのよい魚で、体の中まで激しく蠕動していた。

突けば突くほど摩擦で熱くなる肉孔が、蕩けたジェルと共にニチャニチャと音を立てながら絡みついてくる。

勢いよく奥を目がけた往路では、雄全体がやんわりと絞られて気持ちよく、そこから最奥を目掛けて小刻みに腰を揺らすと、鈴口が肉壁に当たって甚く刺激的だった。

ゆっくりと腰を引いていく復路では、潤の括約筋から総攻撃を受けているかのようで、引き留められるのが心地好い。

パンパンに膨らんだ硬い筋を潰さんばかりにきつく窄まる後孔も、雁首を逆撫でして引き戻そうとする肉筒も、すべてが可畏の雄に自信を与えてくれる。

「あ、ぁ……可畏っ、凄ぃ……凄、ぃ……っ」

「潤……っ、ハ……ッ」

最高で最上の体をどう褒めればいいのか、言葉が思いつかなかった。

それだけでは足りないほどに、潤の体は幸福と悦びを与えてくれる。

「──潤……ッ！」

「ふあ、ぁ……！」

可畏は両手で潤の腰を浮かせ、宙で思い切り突き上げた。

衝撃でろくろく声にならない様子の潤は、ひっと上擦るように喘ぎながら、それでも確かに「可畏、俺……待ってた」と、そういった。

「……ッ、ン……」

可畏の帰りを待っていたという意味でもあり、こうして抱かれて快楽を得たかったという、欲求の意味でもあると信じられる。どちらかではなく両方だとわかるから、可畏もまた、体で得られる以上の愉悦に浸って、心の底から満たされる。

——ああ、そうだ……最高で、最上で……最愛だ……！

無我夢中で激しく突いて、こらえ切れずに精を放つ。

後先のことなど考える必要はなかった。

どのみち一度や二度で終わる欲ではない。

三日分の愛欲を籠めて潤を抱こう。

口惜しいほど未熟な雄ではあるけれど、せめて肉体だけは成熟した雄として——潤を愛し、愛されたい。

《十》

ロシアが誇る世界最古の湖――バイカル湖に繋がる謎の巨大氷窟に、湖の透明度に負けないほど澄んだ音色が響く。

刺激的な地上とは、最早別世界といってもよい静かなる本拠地、エリダラーダに戻ってきたツァーリは、フルートを演奏する愛しい息子の姿を見つめていた。

沢木潤のために用意した人間仕様の暖かい部屋の中で、寒さが苦手な美しい少年ミハイロは、暖炉やオイルヒーター、ツァーリの手芸品に囲まれて暮らしている。

彼にいくつかの楽器を玩具代わりに与えてみたところ、どれを演奏しても才能を発揮したが、特にフルートが気に入ったようだった。画材なども与えてみたが絵にはあまり興味を示さず、その点に関していえば、絵心があると噂の竜嵜可畏の血は感じられない。

「なんだか少し、切なげな音色だったね」

ソファーに腰かけながら率直な感想を述べると、ミハイロは不思議そうな顔をした。

「セツナイ?」と返す声は、まるで鈴を転がすような美声だ。

少年にミハイロという名を付けたのはツァーリだが、親子とはいえ出会って日が浅いため、ツァーリも彼に関して不明なことが多かった。今の表情の意味はわからず、「切ない」という日本語を理解できているのかいないのか、判断がつかない。

「──セツナイ、イミ、ナニ？」

「ああ、少し難しかったね。今の君の心情というか、感情の一つだよ」

「シンジョウ？　カンジョウ？　ワカラナイ」

「ごめんよ……気持ちとか、気分といったらわかるかい？」

エキゾチックなカフェオレ色の肌に、高潔な印象の銀色の髪、有毒竜人の特徴である紫色の目を持つミハイロは、ツァーリの説明を理解した様子でこくりと頷く。

「これは私の場合だが、会いたい人に会えず、その人のことを考えていると……切なくなる。胸の辺りが締めつけられるように、痛くなるんだよ」

「……ボク、イタク、ナイ」

「それは何よりだ。君が痛みに苦しむのはつらいからね」

「……ボク、アイタイ……コウニーサン、アイタイ」

「君は本当に彼のことが好きだね」

「ボク、コウニーサン、スキ！　コウニーサン、ヤサシー……カワイーッ」

竜寄俸のことを口にする時、ミハイロは少年というよりも幼児の顔になって頬を丸くする。

ぷっくりと膨らんで上がる頬や、普段は大きいのに細まる目はもちろん、喜び以外の余計な感情が一切なくなる唇がなんとも愛らしかった。

この世の幸せを一身に集めたような、最高の笑顔だ。

基本的には表情に乏しく、整った顔と冷たい髪色や目の色の影響で大人びて見えるだけに、その急激な変化には何度も驚かされた。

「会いたい人にいつでも会える満ち足りた環境を、君に贈りたい。ただ、それを実現するには試さなければならないことが色々あってね。今は慎重に動く時だ。無理を通せば血腥(ちなまぐさ)いことになり、輝ける未来を永遠に失ってしまうから」

ツァーリは儘(まま)ならぬ想いについて語りながらも、その実、何も諦めてはいなかった。

潤と自分の運命は確実に絡み合っているうえに、すでに当初の目的は果たしている。

繁殖力が低いスピノサウルス竜人の雌が、超進化の過程で複数の雄の遺伝子を持つ卵を宿す体質になったことは、数百年前に水竜人から聞いたことがあった。

スピノサウルス竜人の血で進化した潤が、二人の父親を持つ卵を産んでも不思議ではなく、ミハイロが竜嵜可畏の血を引いていることは承知している。

しかしミハイロは自力でバイカル湖まで来たのだ。

逸早(いちはや)く成長して兄の倖に再会することを望み、それしか考えていなかったにもかかわらず、倖がいる日本ではなく、ロシアまでやって来た。

――自分を最も必要としている者、そして誰よりも頼りになる者はどこにいるのか……この子の生存本能は正しく働き、私を選んだ。可畏の遺伝子を持っていても、ミハイロは私の子だ。肌の色や体質に可畏の影響が出ていようと、彼が入り込む余地はない。

千年以上も夢見た我が子をようやく手に入れた今、欲しいものはあと一つ。

強引に奪っても手に入らない潤の心を、自分に向かわせる方法をようやく手に入れたのだ。潤との間に誕生したミハイロが、望む未来を叶えてくれる。

「ジュン、アイタイ？」

「もちろん会いたいよ。私は、燦然と輝く小さな太陽のような、本物の潤の心を欲している。姿形や能力だけではなく、彼そのものを愛しているんだ」

「――ジュン……ジュン、ヤサシー」

「ああ、そうだよ。君にも優しくしてくれた？」

フルートを手にしたまま、ミハイロは頷く。

どうしても倖に会いにいきたいというので手を貸したが、概ね自分の能力でやりたいことを実現したミハイロは、その結果、思いがけず可畏と潤にも会ったようだった。

しかし竜泉学院内での出来事について、ミハイロは詳細を語ってくれない。

フルートの音が切なげに変わった理由を、ツァーリはどうにかして訊きだしたかった。

「詳しいことを、ようやく話してくれる気になったんだね？」

期待しながら問うツァーリに、ミハイロは首を横に振る。

まだ思うように話せないからなのか、或(あ)いは余程つらい目に遭って話したくないのか、引き結ばれた唇が拒絶を示していた。

「まあ、話したくないなら無理にとはいわない。君が潤の優しさを感じ、彼に好感を持ったとわかったので、安心したよ」

「……コウカン？」

「好きという意味だよ。君は潤が好きだろう？　一番は倖だとしても」

ツァーリの問いかけに、ミハイロは迷わず頷く。

倖の名前が出ただけで目を星のように輝かせ、「アノネ、コウニーサン、ボク……ミロクン、ヨブ」と、自分が使える言葉を駆使して、なんとも熱っぽく悦びを訴えた。

「ミロくん……と、呼ばれたのかい？　なんだか可愛いね」

ふふと笑いながら、ツァーリは理想の家族の姿を思い描く。

永遠の命を持つ父親と、明るく美しい母親、両親の愛の結晶である三男。双子の慈雨と倖に関しては、潤の笑顔を保つためと、ミハイロの希望を叶えるためと思えば受け入れられる。

夢は夢で終わらず、叶えられるのだ。さらなる夢を見てもいい。諦観など必要ない。

自分は一人の雄として生きていいのだ。

運命が、このまま進めといっている。

――潤、やがて君は、私を愛する。

沢木潤と出会い、欲が出てしまった。

愛しているからこそ欲を捨てるしかないと思い詰めた苦しい日々に、天使が現れたのだ。

「ミハイロ、産まれてきてくれてありがとう」

自然に零れでるツァーリの言葉に、ミハイロは戸惑いを見せる。

倖以外に何をいわれても響かないのか、反応に迷うと氷の無表情を決め込む癖があったが、喜んでいないわけではない。

「私は潤を君の母親として迎え、新しい家族を築きたいと思っている」

「……カゾク？」

「そう、家族だよ。父親は私、母親は潤。もちろん、倖も一緒だ」

「コウニーサン、イッショ⁉」

「そうだよ、おいで」とツァーリが手を伸ばすと、ミハイロはてくてくと歩み寄る。

高速移動能力を持っているのが嘘のように時間をかけて、距離を詰めてきた。

倖以外の誰に対しても警戒心があるようだったが、気安く触らせてくれない頬は温かく――

彼の実年齢に相応しい、粉ミルクの香りがした。

あとがき

こんにちは、犬飼ののです。

本書を御手に取っていただき、ありがとうございました。

暴君竜シリーズ九作目、新キャラ登場の『少年竜を飼いならせ』でした。

このあと早めに十作目を出していただく予定なので、引き続きお付き合いください。

一作目で完結していた可畏と潤の物語が、こんなに続くとは夢にも思っていませんでした。

これまで応援してくださった読者様のおかげです。本当にありがとうございます。


今回はプロットにも執筆にも苦労しまして、新キャラの存在に可畏は何を思い、どういった言動を取るのかという点で、私自身も可畏と一緒に悩みました。

新キャラに関しても、考えれば考えるほど、書けば書くほど変わっていって、予定していたタイプとはまったく違う子に育ちました。今となっては、この子はこういう子としか思えなくなったので、散々悩んで出来上がった今の彼がとても好きです。

可畏にメンタルを引き摺られた時は最初の方の昆布ダンス（作詞・犬飼のの）の辺りを読み返して、笠井あゆみ先生の慈雨と倖に脳内で踊ってもらいました。

カラー口絵で誕生日会のシーンを描いていただけるとのことで、拝見するのが楽しみで仕方ありません。

最後になりましたが、本書を御手に取ってくださった読者様と、笠井あゆみ先生、指導してくださった担当様、関係者の皆様に心より御礼申し上げます。

犬飼のの

この本を読んでのご意見、ご感想を編集部までお寄せください。

《あて先》〒141-8202　東京都品川区上大崎3-1-1　徳間書店　キャラ編集部気付
「少年竜を飼いならせ」係

【読者アンケートフォーム】
QRコードより作品の感想・アンケートをお送り頂けます。
Chara公式サイト http://www.chara-info.net/

■初出一覧

少年竜を飼いならせ……書き下ろし

Chara

少年竜を飼いならせ……【キャラ文庫】

2021年1月31日　初刷

著者　犬飼のの
発行者　松下俊也
発行所　株式会社徳間書店
〒141-8202　東京都品川区上大崎3-1-1
電話　049-293-5521（販売部）
03-5403-4348（編集部）
振替　00140-0-44392

印刷・製本　図書印刷株式会社
カバー・口絵　近代美術株式会社
デザイン　おおの蛍（ムシカゴグラフィクス）

ISBN978-4-19-901016-3

犬飼ののの本

好評発売中

[暴君竜を飼いならせ]

イラスト✦笠井あゆみ

暴君竜を飼いならせ

NONO INUKAI PRESENTS

犬飼のの

イラスト◆笠井あゆみ

恐竜人が集う全寮制学院に、

「餌」の人間はただ一人!?

キャラ文庫

この男の背後にある、巨大な恐竜の影は何なんだ…!?　通学途中に事故で死にかけた潤の命を救ったのは、野性味溢れる竜嵜可畏。なんと彼は、地上最強の肉食恐竜・ティラノサウルスの遺伝子を継ぐ竜人だった!!　潤の美貌を気にいった可畏は「お前は俺の餌だ」と宣言!!　無理やり彼が生徒会長に君臨する高校に転校させられる。けれどそこは、様々な恐竜が跋扈する竜人専用の全寮制学院だった!?

犬飼ののの本

好評発売中

［卵生竜を飼いならせ］

暴君竜を飼いならせ5

イラスト✦笠井あゆみ

竜人界を統べる王となり、潤を絶対不可侵の王妃にする──。双竜王を倒し、改めて潤を守り切ると誓った可畏。ところが潤は双竜王に拉致されて以来、断続的な胃痛と可畏の精液を飲みたいという謎の衝動に駆られていた。翼竜人リアムの血を体内に注射されたことで、潤の体が恐竜化し始めている…!? 心配する可畏だが、なんと潤の体に二つの卵──可畏との新しい命が宿っていると判明して!?

犬飼ののの本

好評発売中

［幼生竜を飼いならせ］

暴君竜を飼いならせ6

イラスト✦笠井あゆみ

恐竜の影はないけれど、生後一か月で一歳児並みに成長!! 未知の能力を秘めた双子を可畏と立派に守り育てる――!! 決意を新たにした潤は、大学進学を控え子育てと進路に悩んでいた。可畏をパートナーとして支えるか、モデルに挑戦するのか――ところがある日、双子がクリスチャンの眼前で水と重力を操る能力を発動させてしまった!? 研究対象に目の色を変える父親に可畏は大激怒して…!?

犬飼ののの本

好評発売中

「皇帝竜を飼いならせⅠ」

暴君竜を飼いならせ7

イラスト✦笠井あゆみ

全世界の竜人を束ねる組織のトップは、毒を操る皇帝竜!! しかも千年の昔から生き続け、誰もその姿を見た者はいない謎の巨大恐竜らしい!? 潤と双子の出頭要請を断ったことで、組織に拉致されるのを警戒していた可畏。心配と焦燥を募らせる中、潤が憧れるロシア人カリスマモデル・リュシアンとの競演が決定!! 厳戒態勢を敷く可畏の危惧をよそに、新ブランドの撮影が行われることになり!?

キャラ文庫既刊

英田サキ
[DEADLOCK] シリーズ全3巻 ill：高階 佑
[SIMPLEX DEADLOCK外伝] ill：高階 佑
[STAY DEADLOCK番外編1]
[AWAY DEADLOCK番外編2] ill：高階 佑
[OUTLIVE DEADLOCK season 2] ill：高階 佑
[PROMISING DEADLOCK season 2] ill：高階 佑
[BUDDY DEADLOCK season 2] ill：高階 佑
[HARD TIME DEADLOCK外伝] ill：高階 佑
[恋ひめやも] ill：小山田あみ
[ダブル・バインド] 全4巻
[アウトフェイス ダブル・バインド外伝] ill：葛西リカコ
[すべてはこの夜に] ill：笠井あゆみ

秋月こお
[王朝春宵ロマンセ] シリーズ全4巻 ill：唯月 一
[王朝ロマンセ外伝] シリーズ全3巻 ill：唯月 一
[幸村殿、艶にて候] 全7巻 ill：九號
[公爵様の羊飼い] 全3巻 ill：円屋榎英

秋山みち花
[黒き覇王の花嫁] ill：麻々原絵里依
[騎士と魔女の養い子] ill：北沢きょう
[略奪王と雇われの騎士] ill：雪路凹子
[虎の王と百人の妃候補] ill：夏河シオリ

犬飼のの
[暴君竜を飼いならせ]
[翼竜王を飼いならせ 暴君竜を飼いならせ2]
[水竜王を飼いならせ 暴君竜を飼いならせ3]
[双竜王を飼いならせ 暴君竜を飼いならせ4]
[卵生竜を飼いならせ 暴君竜を飼いならせ5]
[幼生竜を飼いならせ 暴君竜を飼いならせ6]
[皇帝竜を飼いならせⅠ 暴君竜を飼いならせ7]
[皇帝竜を飼いならせⅡ 暴君竜を飼いならせ8]
[少年竜を飼いならせ 暴君竜を飼いならせ9] ill：笠井あゆみ

海野 幸
[ｉｆの世界で恋がはじまる] ill：高久尚子
[匿名希望で立候補させて] ill：高城リョウ

榎田尤利
[理髪師の、些か変わったお気に入り] ill：二宮悦巳

尾上与一
[初恋をやりなおすにあたって] ill：木下けい子
[花降る王子の婚礼] ill：yoco

音理 雄
[俺がいないとダメでしょう？] ill：榊 空也
[農業男子とスローライフを] ill：高城リョウ

華藤えれな
[氷上のアルゼンチン・タンゴ] ill：嵩梨ナオト
[人魚姫の真珠 ～海に誓う婚礼～] ill：北沢きょう
[白虎王の蜜月婚] ill：高緒 拾

可南さらさ
[先輩とは呼べないけれど] ill：穂波ゆきね
[旦那様の通い婚] ill：高星麻子

かわい恋
[王と獣騎士の聖約] ill：小椋ムク
[異世界で保護竜カフェはじめました] ill：夏河シオリ

川琴ゆい華
[幼なじみクロニクル] ill：Ciel
[ぎんぎつねのお嫁入り] ill：三池ろむこ
[親友だけどキスしてみようか] ill：古澤エノ

神奈木智
[その指だけが知っている] シリーズ全5巻 ill：小田切ほたる
[ダイヤモンドの条件] シリーズ全3巻 ill：須賀邦彦
[守護者がめざめる逢魔が時] シリーズ1～5
[守護者がおちる呪縛の愛 守護者がめざめる逢魔が時6] ill：みずかねりょう

北ミチノ
[好奇心は蝶を殺す] ill：円陣闇丸
[星のない世界でも] ill：高久尚子

久我有加
[寮生諸君！] ill：麻々原絵里依
[獲物を狩るは赤い瞳] ill：金ひかる

櫛野ゆい
[伯爵と革命のカナリア] ill：穂波ゆきね
[臆病ウサギと居候先の王子様] ill：石田 要
[興国の花、比翼の鳥] ill：夏河シオリ
[しのぶれど色に出でにけり輪廻の恋] ill：北沢きょう

楠田雅紀
[俺の許可なく恋するな] ill：乃一ミクロ
[恋人は、一人のはずですが。] ill：麻々原絵里依
[あの日、あの場所、あの時間へ！] ill：サマミヤアカザ
[海辺のリゾートで殺人を] ill：夏河シオリ
[Brave －炎と闘う者たち－] ill：小山田あみ

栗城 偲
[玉の輿ご用意しました]
[玉の輿謹んで返上します 玉の輿ご用意しました2]
[玉の輿新調しました 玉の輿ご用意しました3]

キャラ文庫既刊

キャラ文庫既刊

【仮装祝祭日の花嫁 砂楼の花嫁3】 ill：円陣闇丸
【蜜なる異界の契約】 ill：笠井あゆみ
【黒き異界の恋人】 ill：笠井あゆみ
【疵と蜜】 ill：笠井あゆみ
【恋々 疵と蜜2】 ill：笠井あゆみ
【鼎愛―TEIAI―】 ill：嵩梨ナオト
【美しい義兄】 ill：新藤まゆり
【愛しき年上のオメガ】 ill：みずかねりょう
【やんごとなきオメガの婚姻】 ill：サマミヤアカザ

中原一也

【負け犬の領分】 ill：新藤まゆり
【愛と獣―捜査一課の相棒―】 ill：みずかねりょう
【魔性の男と言われています】 ill：草間さかえ
【花吸い鳥は高音で囀る】 ill：笠井あゆみ
【俺が好きなら咬んでみろ】 ill：小野浜こわし
【街の赤ずきんと迷える狼】 ill：みずかねりょう
【拝啓、百年先の世界のあなたへ】 ill：笠井あゆみ

凪良ゆう

【恋愛前夜】
【求愛前夜 恋愛前夜2】 ill：穂波ゆきね
【天涯行き】 ill：高久尚子
【おやすみなさい、また明日】 ill：小山田あみ
【美しい彼】
【憎らしい彼 美しい彼2】
【悩ましい彼 美しい彼3】 ill：葛西リカコ
【ここで待ってる】 ill：草間さかえ
【初恋の嵐】 ill：木下けい子
【セキュリティ・ブランケット 上・下】 ill：ミドリノエバ

【きみが好きだった】 ill：宝井理人

夏乃穂足

【飼い犬に手を咬まれるな】 ill：笠井あゆみ
【真夜中の寮に君臨せし者】 ill：円陣闇丸

成瀬かの

【世界は僕にひざまずく】 ill：高星麻子
【気がついたら幽霊になってました。】 ill：yoco
【兄さんの友達】 ill：三池ろむこ
【隣の狗人の秘密】 ill：サマミヤアカザ
【神獣さまの側仕え】 ill：金ひかる

西野 花

【溺愛調教】 ill：笠井あゆみ
【陰獣たちの贄】 ill：北沢きょう
【獣神の夜伽】 ill：穂波ゆきね
【淫妃セラムと千人の男】 ill：北沢きょう
【催淫姫】 ill：古澤エノ

鳩村衣杏

【歯科医の弱点】 ill：佳門サエコ
【学生服の彼氏】 ill：金ひかる
【きれいなお兄さんに誘惑されてます】 ill：砂河深紅

樋口美沙緒

【八月七日を探して】 ill：高久尚子
【他人じゃないけれど】 ill：穂波ゆきね
【狗神の花嫁 シリーズ全2巻】 ill：高星麻子
【予言者は眠らない】 ill：夏乃あゆみ
【パブリックスクール―檻の中の王―】
【パブリックスクール―群れを出た小鳥―】
【パブリックスクール―八年後の王と小鳥―】
【パブリックスクール―ツバメと殉教者―】
【パブリックスクール―ロンドンの蜜月―】
【パブリックスクール―ツバメと監督生たち―】 ill：yoco
【ヴァンパイアは我慢できない dessert】 ill：夏乃あゆみ
【王を統べる運命の子①〜②】 ill：麻々原絵里依

火崎 勇

【ぬくもりインサイダー】 ill：みずかねりょう
【リインカーネーション〜胡蝶の恋〜】 ill：水名瀬雅良
【悪党に似合いの男】 ill：草間さかえ
【カウントダウン!】 ill：高緒 拾
【俺の知らない俺の恋】 ill：木下けい子
【ヒトデナシは惑愛する】 ill：小椋ムク
【エリート上司はお子さま!?】 ill：金ひかる
【メールの向こうの恋】 ill：麻々原絵里依

菱沢九月

【小説家は懺悔する シリーズ全3巻】 ill：高久尚子
【年下の彼氏】 ill：穂波ゆきね
【好きで子供なわけじゃない】 ill：山本小鉄子
【飼い主はなつかない】 ill：高星麻子
【同い年の弟】 ill：穂波ゆきね

松岡なつき

【WILD WIND】 ill：雪舟 薫
【FLESH&BLOOD①〜㉔】 ill：①〜⑪雪舟 薫／⑫〜彩
【FLESH&BLOOD外伝 ―女王陛下の海賊たち―】
【FLESH&BLOOD外伝2 ―祝福されたる花―】 ill：彩

キャラ文庫既刊

［H・Kドラグネット］（ホンコン）全4巻　ill：乃一ミクロ
［流沙の記憶］　ill：彩

水原とほる

［The Barber―ザ・バーバー―］シリーズ全2巻　ill：兼守美行
［家　路］　ill：高星麻子
［コレクション］　ill：北沢きょう
［皆殺しの天使］　ill：新藤まゆり
［刹那と愛の声を聞け］　ill：みずかねりょう
［百千万劫に愛を誓う］　ill：乃一ミクロ
［ピアノマンは今宵も不機嫌］　ill：ミドリノエバ
［名前も知らず恋に落ちた話］　ill：yoco
［監禁生活十日目］　ill：砂河深紅
［正体不明の紳士と歌姫］　ill：yoco
［彼は優しい雨］　ill：小山田あみ
［月がきれいと言えなくて］　ill：ひなこ
［見初められたはいいけれど］　ill：ミドリノエバ
［小説の登場人物と恋は成立するか？］　ill：サマミヤアカザ

水無月さらら

［時をかける鍵］　ill：サマミヤアカザ
［座敷童が屋敷を去るとき］　ill：駒城ミチヲ
［人形遊びのお時間］　ill：夏河シオリ
［いたいけな弟子と魔導師さま］　ill：yoco
［海賊上がりの身代わり王女］　ill：サマミヤアカザ

水壬楓子

［桜姫］シリーズ全3巻　ill：長門サイチ
［森羅万象］シリーズ全3巻　ill：新藤まゆり

［王室護衛官を拝命しました］　ill：サマミヤアカザ

宮緒 葵

［二つの爪痕］　ill：兼守美行
［蜜を喰らう獣たち］　ill：笠井あゆみ
［忘却の月に聞け］　ill：Ciel
［祝福された吸血鬼］　ill：水名瀬雅良
［悪食］　ill：みずかねりょう

夜光 花

［不浄の回廊］
［二人暮らしのユウウツ　不浄の回廊2］　ill：小山田あみ
［眠る劣情］　ill：高階 佑
［ミステリー作家串田寥生の考察］
［ミステリー作家串田寥生の見解］　ill：高階 佑
［バグ］全3巻　ill：湖水きよ
［式神の名は、鬼］全3巻　ill：笠井あゆみ

吉原理恵子

［二重螺旋］シリーズ1～12巻　ill：円陣闇丸
［水面ノ月　二重螺旋13］
［灼視線　二重螺旋外伝］　ill：円陣闇丸
［間の楔］全6巻　ill：長門サイチ
［影の館］　ill：笠井あゆみ
［暗闇の封印―邂逅の章―］
［暗闇の封印―黎明の章―］　ill：笠井あゆみ

六青みつみ

［輪廻の花～300年の片恋～］　ill：みずかねりょう

渡海奈穂

［河童の恋物語］　ill：北沢きょう
［僕の中の声を殺して］　ill：笠井あゆみ
［狼は闇夜に潜む］　ill：マミタ

［御曹司は獣の王子に溺れる］　ill：夏河シオリ

〈四六判ソフトカバー〉

ごとうしのぶ

［ぼくたちは、本に巣喰う悪魔と恋をする］
［喋らぬ本と、喋りすぎる絵画の麗人］
［ぼくたちは、優しい魔物に抱かれて眠る］
［ぼくたちの愛する悪魔と不滅の庭］　ill：笠井あゆみ

遠野春日

［夜間飛行］　ill：笠井あゆみ

松岡なつき

［王と夜啼鳥（ナイチンゲール）　FLESH&BLOOD外伝］　ill：彩

アンソロジー

［キャラ文庫アンソロジーⅠ　琥珀］
［キャラ文庫アンソロジーⅡ　翡翠］
［キャラ文庫アンソロジーⅢ　瑠璃］　ill：円陣闇丸

〈2021年1月27日現在〉